双子座文丛

莫雅平　著/译

# 诙谐与庄严

图书在版编目(CIP)数据

诙谐与庄严/ 莫雅平著译.
—桂林:漓江出版社, 2017.1 （双子座文丛）
ISBN 978-7-5407-7913-9

Ⅰ.①诙… Ⅱ.①莫… Ⅲ.①诗集－中国－当代 Ⅳ.①I227

中国版本图书馆CIP数据核字(2016)第282319号

HUIXIE YU ZHUANGYAN

# 诙谐与庄严

莫雅平 著/译

出版人：刘迪才

责任编辑：胡子博
书籍设计：石绍康
责任印制：杨东

漓江出版社有限公司出版发行
广西桂林市南环路22号　邮政编码：541002
网址：http://www.lijiangbook.com
全国新华书店经销
销售热线：010－85893190
大厂聚鑫印刷有限责任公司印刷
[ 河北省廊坊市大厂回族自治县西大街　邮政编码：065300 ]
开本：880mm×1230mm　1/32
印张：10.25　字数：252千字
2017年1月第1版　2017年1月第1次印刷
定价：38.00元

如发现印装质量问题，影响阅读，请与承印单位联系调换
[ 电话：0316－8836866 ]

## "双子座文丛"出版说明

　　文坛写书者多，译书者也不少，但著译俱佳的不多见。创作与翻译并举，在世界文学史和民国以来的汉语文学界均有详例，一批人中佼佼在创作大量优秀文学作品的同时，还向国内读者译介了诸多外国作家的作品，既是传统文化的传承者，又是异域文化的介绍者。出版"双子座文丛"目的之一，就是努力在这方面进行发现和总结。双子座，取意"著译两栖，跨界中西"，丛书第一辑收入的几位诗人、作家，除了领衔的丰子恺先生文章千古，彪炳后世，其余诸公，在文学创作领域多有建树，文学翻译水平亦为译坛认可。丛书的宗旨是诗人写诗、译诗，散文家写散文、译散文，小说家写小说、译小说，角度新颖独特，为国内首创。由于篇幅所限，本丛书只收精短作品和译品。

漓江出版社中外文学出版中心

# 目　录

## 庄严的诗

# 翻译诗选

## 诙谐的诗

**英国诗歌**

**加拿大诗歌**

# 庄严的诗

**美国诗歌**

**英国诗歌**

# 序

## 让诗歌之光照亮我们的灵魂

莫雅平

本书是我的诗作、译诗合集，被列入"双子座文丛"。以"双子座"命名丛书，意指入选者写作和翻译并举，显示了某种"两栖"状态。这套丛书的编辑匠心所在，便是对"两栖"这种生命弹性的关注。借此丛书名我可以想象了，想象我是一只青蛙，或者一条鳄鱼，甚至一辆水陆两用坦克。想象，是诗歌的翅膀，也是人生的翅膀。儿时我有很多想象、很多梦想，其中就包括当战斗英雄、科学家、发明家、诗人、翻译家甚至间谍，等等。因此，也可以说本书是我的梦想的结晶。既然是梦想结晶，这篇有关我的诗歌历程及我对诗歌的理解的序言，便难免会有梦话色彩。

一

我与诗歌结缘始于少年时代。初中时读过不少中国古诗，是屈原、李白、杜甫、曹操等让我迷迷蒙蒙开始喜欢诗歌。而高中时读《拜伦传》，更是强化了我对诗歌与诗人的爱：英国诗人拜伦勋爵竟卖掉祖传的古堡，买了一艘军舰去为希腊的自由而战，最后他壮烈地死在了征战的途中。在当时的我眼里，诗歌是世界上最美好的事物之一，诗人的桂冠比任何皇冠都更高贵。

学诗，写诗，译诗，从上世纪八十年代至今，这是我的心灵生活最重要的部分。遗憾的是，一晃眼三十多年过去，"诗人"这个光环在中国大地已逐步失去其光芒。（我愿将其想象为一枚光泽内敛的老银戒指！）如今有人甚至已把"诗人"与"疯狂"或"迂腐"之类词划上等号，但面临身份确认时，我还是会毫不犹豫地说："我是一个诗人！"

我爱诗歌，经常读诗，古今中外不论，常常被深深感动。爱诗歌，是爱自己的一种方式。我有时朗诵自己的诗，情到深处甚至会把诗句唱出来。读诗唱诗，让我把一切烦恼抛之脑后。诗中人生有乐趣如此，还在乎什么别人如何看待诗人呢？更何况，曾经有朋友听我朗诵我的诗，竟莫名感动，当众眼泪汪汪；还曾有朋友读了我的诗，然后独自出门，泪流满面地在雨中行走。写诗有知音如此，还计较什么写诗值不值得呢？

我对自己的诗敝帚自珍，因为它们浓缩了我多年来的体验、感动和感悟。三十多年以前，我家曾以卖豆腐为生计。那时我还是个孩子，却常常帮奶奶和妈妈推磨，经常熬到深夜。那时我吃过不少苦，但也有一些难忘的乐趣。比如，往热豆浆里注入石膏水，豆浆瞬间就变成了白嫩嫩的豆腐！那种变形的奇妙，曾经让我眼睛发亮。惊奇、惊喜或惊讶，我的心弦被一只无形的手拨动了。那时候谁也想不到，有一颗诗歌的种子在我的心里埋下了。

佛家有善因结善果之说，于诗也是如此。三十多年后的一天，我怀念已故的奶奶，想起当年推磨的情景，眼前突然一亮：那些黄灿灿的豆子，就是我奶奶指挥的百万雄兵！她把它们变成了白嫩嫩的豆腐，为很多的人建立了"营养新秩序";而过去的帝王将相指挥千军万马,不过是为自己建立"权力新秩序"!正是这一感悟,让我写下了一曲平民颂歌——《我奶奶比主席多活了三年》。

儿时我喜欢鸟儿。那时大人们捉到鸟儿,会用绳子系着给孩子玩。当时我还不明白那其实是一种虐待,只是莫名其妙地喜欢鸟儿。我曾为喜欢鸟儿付出过代价:十岁左右时,坐班车去我父亲工作的地方,到站时看到一只漂亮的鸟儿,我急忙下车去追逐,结果把包遗忘在了车上。多年后我写了不少有关鸟儿的诗句,如:"没有一只鸟儿是跪着的。"(《没有一只鸟儿是跪着的》)"而你是一个有美好情怀的人,就像一棵樟树托着鸟窝。"(《平安夜:我愿做你的第三粒纽扣》)

三十多年以来,我领略过很多美好的东西,有过很多感动和感悟。《被盗的老皮鞋》《甘蔗与傻瓜之歌》和《也许我只是业余地活着》便是这种感动和感悟的结果。但同时我也目睹了很多丑恶,感受过很多心灵的刺痛。我至今难忘的一幕是:在一个菜市场,一只被刮光毛的裸羊被一分为二,血淋淋地耷拉在一个笼子上,笼子里还关着两只活羊,一只站着,另一只跪着,两只羊都盯着被肢解的同类,都在流泪,而买菜的人们熟视无睹地从旁边走过……那一刻我目瞪口呆,相信动物有灵魂,而人类没有。

但我必须相信人类有灵魂。我奶奶曾说:"天上一颗星,地上一个丁。"意思是,地上的人和天上的星一一对应。想象一下,自己有闪亮的灵魂,多诗意啊!假如人没有灵魂,还是人吗?人类有文学、绘画和音乐等,怎么可能没灵魂呢?我会写诗,这是否表明我有灵魂呢?我说不清。想起那两只流泪的羊,以及那些熟视无睹的人,我后来觉得能证明灵魂的应该是爱心,包括对生命的热爱和对邪恶的憎恶。基于这样的认识，在三聚氰胺事件后，我写出了《我菜碗里的福尔马林》。我经常告诫自己：沉湎于吟风咏月，漠视现实的苦难，便是缺乏良知、心灵麻木，甚至是一种堕落。

二

远离现实人生的诗歌写作，一不留神就会陷入虚幻，导致生活质感或艺术质感不足。所谓质感，就是一种感观实在。诗歌作为植根于生活的心灵产物，自然应当蕴涵生活的某种实在性，就像鹅卵石的粗粝或斜纹布的纹理。在优秀的诗歌中，词语、形象等要素表现或作用于情感和思想，以不同的色彩、温度、力量或速度形成各异的质感，从而能使心灵所感知的玄妙无形的东西显现出丝绸或钢铁般的光泽。

抽象的理念或虚幻的情绪，常因质感的缺乏而让人难以捉摸或难以亲近，结果会妨碍诗意的传达。英国诗人 T.S. 艾略特（T.S.Eliot）说："要像感受玫瑰的花香一样感受你的思想。"他说的正是质感的问题。艾略特的《J. 艾尔弗雷德·普鲁甫洛克的情歌》的第二、第三两句大概可以阐释他的主张："当暮色向天际展开，如病人被麻醉在手术台。"他的《窗前情景》中有两句也是如此："我感到女仆们潮湿的灵魂 / 正在地下室的铁门边沮丧地发芽。"美国女诗人希尔达·杜丽特尔（Hilda Doolittle）所塑造的质感，简直可以用"硬邦邦"来形容，她是这样写"闷热"的："果子都无法落下，穿不过这浓稠的空气：果子落不进这闷热，它向上挤压，磨钝了梨子的尖角，还磨圆了葡萄。"（《花园》）何等锐利的质感！不过呢，琢磨一下杜甫的"感时花溅泪，恨别鸟惊心"，我们会发现"质感"其实也算不上舶来品。

成功的质感塑造能展现艺术的神奇。比如一块粗粝的大理石，虽然也有原始质感，但充其量只是一块好石材。而当雕塑家把它精心雕琢成一个女人体时，情况就不同了：那细腻光滑的手臂，可能让你感觉到女人的体温或弹性；那微微上翘的嘴角，可能让你感受到她的欢乐或羞涩；而那扬起的线条流畅的裙摆，则可能让你感觉微风正在轻轻地吹。原本死气沉沉的大理石，变成了一个生机勃勃的活女人，这种神奇变形足以让你想入非非：原来石头中沉睡着一个美丽的女人，雕塑家用凿子唤醒了她！

一首好诗除了质感，还需要感悟。所谓感悟，指的是对人生对世界的洞察与发现，是对表象的理性超越。感悟的存在，不仅能展现诗人的洞见，而且可能为读者开辟一片任心灵飞翔的蓝天。一首诗假如不能带来独特的发现或深刻的体验，其价值可能大打折扣。曹操的以下名句不仅质感很强，而且浓缩了深切的人生感悟："对酒当歌，人生几何？譬如朝露，去日苦多。"如没有新的发现、新的感悟，一首诗是否值得写还是个问题。

对一首诗来说，感悟有如其灵魂。曾经见识过印度古老的穴庙，感到无比震撼：那是一座在石山中凿出来的寺庙，里面有庄严的佛骨塔、神圣的经文和高大的立柱。把山内部的顽石凿成这一切，除了非凡的想象力、高超的布局能力、精湛的雕刻技艺，更需要强大的意志力。没有比顽石更强大的信仰，不可能完成那么浩大而艰巨的工程。穴庙山引来无数人朝拜，是因为那是一座能抚慰和引导灵魂的山。一首诗歌蕴涵重大的人生感悟，就像穴庙里有佛骨塔。

质感和感悟的高度融合造就诗歌的凝练。英国诗人布莱克（William Blake）有句名诗："法律之石筑成监狱，宗教之砖建成妓院。"（《地狱箴言》）其内涵之深度与广度，真胜过很多皇皇巨著。高度致密（凝练）是好诗歌的一个特征。若以植物作比，好的诗歌有如紫檀。紫檀木一年成长约一厘米，世有"非千年不能成材"之说，正因为成长期很长，所以木质很致密。相比之下，泡桐树长五年左右已成参天大树，只可惜木质太疏松，没法做像样的家具。紫檀历千年寒暑而成名材，那是"熬"出来的。好的文学作品也需要"熬"。古人为吟诗而"拧断三根须"，就是一种"熬"。

质感和感悟融为一体，其实就是感性和理性的融合。因此我常说："一个诗人应该童年、老年一起过！"一个优秀的诗人，应当如孩子一般感性，又如老人一般理性，既有孩子的痴迷、烂漫、直率与简单，又有老人的超然、老成、含蓄与深邃。有了这样的人品，诗品才更有可能实现感性与理性的完美交融——此外我还坚信：好诗源于好情怀。

## 三

我在北京大学读的是英语语言文学系，毕业后做外国文学编辑工作做了二十五年。我业余从事写作和翻译，先前翻译出版的散文体英语名著有《魔鬼辞典》《匹克威克外传》《李柯克幽默作品选》《汤姆·索耶历险记》《被涂污的鸟》等，但我翻译的诗歌却一直无缘结集出版，因为诗歌不太好卖。此次我的诗作和译诗能合并在一起结集出版，我深感荣幸并且心存由衷的感激。

说到翻译，人们常说：翻译犹如戴着镣铐跳舞。那镣铐首先是原作。当然不能置原作于不顾，想尽情发挥的人应该自己去创作。我国最著名的翻译理论是严复先生提出的"信、达、雅"。"信"是基础，就是忠实于原文。相比科技翻译，文学翻译有相对大的发挥空间，但发挥也应适可而止。多年的经验告诉我，文学翻译中的"忠实于原文"，不等于字面的对应，它包括在语汇、形象、情感、思想、节奏、音韵、氛围、力度等多方面对原作的"模拟"或"贴近"。由于多方面的差异，所谓"完全等值"的译文只是一种理想而已。

美国诗人罗伯特·弗罗斯特（Robert Frost）曾说："诗译则失。"（What is lost in translation is poetry.）似乎诗歌是不能翻译的。但在多年的读书、编书过程中，我读到了很多优秀的诗歌译文，它们让我充分领略到了原诗的诗意，尽管或许存在这样或那样的"损耗"或"添加"。因此，我相信诗歌是可译的。而读诗人、翻译家袁可嘉先生所译的叶芝名诗《当你老了》，更让我坚信诗歌是可以翻译好的。

诗歌可译的基础，在于人性的共通之处。多年前在中国大地上，我曾见过不少年轻人在夜总会疯扭身子、狂摇脑袋。他们吃昂贵的摇头丸，是为了摆脱不堪忍受的烦恼，以肉体刺激来缓解精神痛苦。在买不起摇头丸或其他毒品的时候，他们甚至会去买两瓶咳嗽水，一口气喝干以获得几个小时的头脑发胀。这些扭曲了的花季少年，让我瞬间理解了金斯伯格的《嚎叫》里的心灵之痛："我看见我们这一代的精英被疯狂毁灭，饥肠辘辘赤身露体歇斯底里，拖着疲惫的身子黎明时分晃过黑人街区寻找痛快地注射一针……"

翻译外国诗歌，旨在丰富我们的诗歌文化。由于很多译诗者并不写诗，加之拘泥于原文的结构和音韵，很多译诗看上去支离破碎的，读起来也节奏别扭、音韵生硬。这估计是食而不化的结果。想想看，外国一个受欢迎的诗人，怎么可能说母语都结结巴巴呢？令人不解的是，很多中国诗人也把诗歌写成了这类译诗的模样，以为那样才是"先锋"或"现代"，我认为是糟糕的译本误导了他们。

就我较熟悉的英文诗而言，有些诗人喜欢利用复句、倒装句、分词等的便利达到分行和押韵的目的，如英国诗人约翰·但恩（John Donne）的《告别辞：有关哭泣》便是如此。假如翻译者食而不化，拘泥于原文的句式和押韵模式，译文就会出现转行生硬和押韵牵强，结果会予人以支离破碎之感，读起来会佶屈聱牙。翻译诗歌，在必要时应当允许有创造性的变通。罗伯特·弗罗斯特的《没有走的路》，原文每段五行的押韵模式是 abaab，为兼顾诗意的传达和汉语的习惯，我翻译时把每段的押韵变通成了 aabcc 模式。多年来，我翻译诗歌所追求的，是尽量用符合中国人习惯的地道的汉语去重铸诗意。

在诗艺上学点西方是需要的。但我们也要有文化自信，没有理由自卑。美国诗人庞德曾学习和翻译过李白、白居易等的诗，觉得很"现代"、很"先锋"。庞德的名诗《在地铁站》是这样的："这些脸庞在人群中如幻影；数点花瓣黑树枝上湿淋淋。"我怀疑这首诗受过白居易的影响，因为《长恨歌》有诗句这样描写杨玉环："玉容寂寞泪阑干，梨花一枝春带雨。"又如西方象征派诗歌的主张，我觉得在屈原的《渔父》中已有实践："沧浪之水清兮，可以濯吾缨。沧浪之水浊兮，可以濯吾足。"

关于西方现代派诗歌，认识上的混乱较多，不妨再啰嗦几句。现代派诗歌横空出世，是对古典诗歌的反叛与创新。T.S. 艾略特的《J. 艾尔弗雷德·普鲁甫洛克的情歌》使用了意识流手法，这是技法层面的反叛与创新，也是诗歌自由精神的体现，无疑具有形式意义上的"现代性"或"先锋性"。而波德莱尔的《恶之花》以"丑恶"与"病态"为审美对象，则是内容层面的反叛与创新，具有实质意义上的"现代性"或"先锋性"。

必须弄清的是，"现代性"或"先锋性"不是一个时间顺序上的概念。比如，与北岛的"卑鄙是卑鄙者的通行证，高尚是高尚者的墓志铭"相比，李商隐的"沧海月明珠有泪，蓝田日暖玉生烟"能给诗歌写作者提供更多的、更新的技艺启发，因此就技法而言，古人李商隐可能比今人北岛更"现代"、更"先锋"。北岛这两句的过人之处，主要表现在实质意义的"现代性"或"先锋性"上。又比如，"问苍茫大地，谁主沉浮"，表达了不能主宰世界的痛苦，这是一种临时性的痛苦。而"对酒当歌，人生几何？譬如朝露，去日苦多"，表达的却是命运无常的永恒痛苦。相比之下，对今天很多命运不济的人来说，后一种"痛"可能更深更广，更具有实质意义上的"现代性"或"先锋性"。

本书收录了我的原创诗75首、翻译诗74首。无论原创诗还是翻译诗，我都将其分为两大类，即"诙谐的诗"和"庄严的诗"。这样一种分类法，无疑过于简单、粗疏，就像用白色和黑色将世界一分为二那样。且不说世界有各种彩色，在白色和黑色之间还有灰色存在。灰色是白色与黑色的交融，诙谐与庄严有时也是彼此交融的。我把诗歌分为"诙谐"与"庄严"两个大类，是基于对人生和诗歌的一种个人理解：

人生有很多苦难，有很多富于悲剧性的东西，同时又有很多欢乐，很多富于喜剧色彩的成分。悲与喜，有时泾渭分明，有时又彼此交融——即使极可悲的情形，都可能蕴涵着可喜的成分。对待人生的悲喜，既可以哭，也可以笑，可以喜极而泣，也可以长歌当哭，可以庄严肃穆以待，也可以嬉笑怒骂面对。而无论可悲可泣，还是可笑可乐，生活中总有某些凝重的东西，不容我们去践踏和亵渎；总有某些神圣的东西，值得我们去追求、珍惜和捍卫。诗歌作为人类心灵的清泉，自然要映照出这一切。倘若能超越人间的悲喜，并蓄心灵的庄严与诙谐，我们便可望拥有某种内在的高贵。

学诗，写诗，译诗，三十多年以来，诗歌似乎成了我信奉的一种个人宗教。因为有诗歌，我有时自视为一个高贵的人，一个灵魂闪亮的人。而说到灵魂，我常常会想到那两只流泪的羊。很惭愧，我至今还没有能力让它们在我的诗歌里复活。写到这里，我有一种要流泪的感觉。三十

诗

把一个"诗"字一次次地放大，
我发现笔画变幻出的形象令人惊讶。

多年以来，在境遇艰难的时候，尤其在内心非常痛苦的时刻，是诗歌照亮了我的心灵，给了我莫大的慰藉与支持，使我没有变得过于猥琐、过于堕落。愿诗歌之神继续助我完成自我救赎。

在本书即将出版之际，我心存深深的感恩之情。假如读者诸君能从这些诗作和译诗中获得些许的感动和感悟，那是诗歌之神在向他们赐福！

2016 年 3 月 19 日于大雅堂，桂林

# 原创诗选

# 诙谐的诗

## 1988 年至 1998 年

## 面包情歌

这块被你扔掉的面包，
　　在普通食品店都能买到，
因此你不理解它的含义，
　　你看不见小麦发酵的辛酸。

这块面包上有数不清的小孔，
　　你不会想象那是美女皮肤上的天窗。
你压根儿不相信美女也有毛孔，
　　面包一多你就失去了想象。

而在过去战乱的日子，
　　你父亲常吃想象的面包。
他说每次只吃面包的一半，
　　就永远不会没有面包。

你的父亲理解面包，
　　他一碰上那位拿出仅有的
一块面包和他分享的女人，

就产生了爱情，于是世界有了你。

我不在乎你所有的财产
　　只是一小块面包。
我愿和你按你父亲的方式把它分享；
　　然后让我们一起来感谢面包！

# 我们之间共同的东西

很多歌我只会唱第一句
但我从来不羞于歌唱
你不明白这意味着什么
却会莫名其妙地跟着哼起来
或者和我一起从一个曲子
流浪到另一个曲子
我们之间一定有某种共同的东西

一本正经地谈哲学时
我们谁也说服不了谁
不过我困了打哈欠时
你也会莫名其妙地跟着打
尽管你一点也不困也不想凑热闹
我的哈欠对你有感染力
至少哈欠是我们之间共同的东西

在都市里找不到厕所时
你会和我一样像热锅上的蚂蚁
深信自己深刻地理解了时间和空间
在解决内部矛盾的一瞬间
我们都是理解了自由
灵魂得到了升华的人

亢奋过后我们说

厕所是一块"人人平等"的圣地
所以人们每天都来这里朝圣
喜欢为一切哪怕是上厕所找理由
这也是我们之间共同的东西
十个手指常常不自觉地交叉而握
我们就说它们很孤独

# 被盗的老皮鞋

城市人把皮鞋连同喧嚣
放在门口留在外面
我坐在家里的地毯上做白日梦
想象遥远的草原蓝蓝的天

不想某一天太阳还在高照
我的老皮鞋已经被盗
那瞬间真让人相信
白天是另外一种黑夜

啊，我的老皮鞋已去到远方
一个陌生人正穿着它代我走路
不知夜幕降临时催它们入眠的
是绵绵情话还是鼾声如雷

啊，我的老皮鞋已去到远方

那个成为我远方的影子的陌生人
他是穿着自己的鞋子走别人的路
还是穿着别人的鞋子走自己的路
这一疑问使我久久难眠

我也曾穿过别人的鞋子
我也曾走过别人的路

那一次踏着雪泥奔赴巴士底狱
我用自己的嗓子喊出的是伏尔泰的声音

那一次去救伏尔泰真是可笑
严寒使我们忘记了本来的目标
那时候被踩坏的皮鞋胜过一千个理想
喊完"还我皮鞋"我们才发现自己的荒唐

啊，我的老皮鞋已去到远方

也许某一天我的老皮鞋还会回家
还带回一个追捕逃犯的警察
也许某一天我会成为英雄
就因为救人的英雄把它们忘在了河岸

啊，我的老皮鞋已去到远方
于是我才有了这许多从未有过的畅想

## 春天的瞎想

花朵任风儿撩开衣裙
植物王国分不出处女和荡妇

春天的女人是锡管中的油彩
不挤上街道的画框便无法美丽

春天真好
使老太婆都像女人

春天的脸上还残留着冬天的痕迹
但两三克胭脂便足以再创奇迹

我苍老的灵魂如果涂上唇膏
没准也是一个妙龄女郎

春天是播种的季节在天上都不例外
星星就是上帝种下的小麦

我对所爱的女人说
我种下葡萄种下小麦也就是种下了你

每一个有爱情的日子都是一次生日
但爱情和生日不一定都在春天发芽

或许我会成为你对某个春天的回忆
萎缩成记忆有时竟需一辈子的努力

我会像冬天丢失的手套一般让你在春天里怀想
大地上所有的葡萄都会在春天里为你祝福

我会在最后一场雪落下时死去，
你的眼睛将与我看到的最后一片树叶合而为一

春夏秋冬有如一条咬着自己的尾巴的蛇
那抽搐的圆环悲怆得让我们没有理由流泪

# 自画像

某一天太阳落下你诞生是事实
你来到世界父母欢天喜地你却哭哭啼啼也是事实
儿时你恨不得立刻长大成为英雄是事实
你长大后却觉得不应该长大反而羡慕儿童也是事实
你解开一个又一个谜连同女人是事实
明白了许多之后最后却和自己过不去成天对镜发呆也是事实
你用手指唤醒五线谱之间沉睡的少女是事实
你不知道小夜曲从末尾开始演奏会不会变成老巫婆也是事实
写诗时你把星星当作巧克力装进兜里是事实
你数不完天上的星星就会死去而星星不会流泪也是事实
无聊时你想象死亡这使你快乐是事实
你死后灵魂无法充满时装店里等待温暖灵魂的狐狸皮也是事实
你赢得很多鞭炮很多花圈死得有声有色是事实
你不是世界上第一个活着的人也不是第一个死去的人也是事实

# 开 会

开会，开会。
主持人说每个人都必须发言。
会场能像鸟儿竞叫的林子多好啊——
在那里鸟儿想叫才叫，
没有谁规定曲调，也没有谁限制音高。
（鸟的王国没有"言论自由"那一套。）

A 首先发言——凡事都得有人带头；
B 不好意思不发言——沉寂有时比喧嚣更难忍受；
（C 请假，免发言——请假是一种很好的生存方式）
而我呢，只想获得不说话的权利和自由——
连海湾战争的表决都有大国投弃权票，
谁说沉默不是一种声音？

D 没有开口，也许在等待时机；
他每天都读《参考消息》，
并为自己关心全人类而自豪——
当年那些人和他有共同的爱好，
只是那些人偶然撞在了历史的枪口上，
成了英雄；他多么希望历史也朝他开一枪！

E 也没有开口（没有必要提这是个女孩），
她在微笑着观察男人们的神态——
自以为在参与历史进程的时候，

男人们的神态多少有几分可爱；
不过她更关心怎么样使自己更美，
怎样使自己晚点老。

诗人 E 捕捉到一个雄奇的意象：
宇宙之树飘下一片片落叶——
那便是一天一天的时间，
它们看上去彼此一模一样，
似乎没有哪一片比别的更值得珍藏。
（很多的会议给人以同样的印象。）

开会，开会。
匆忙的人们于是多了一次一本正经的机会。
会场能像鸟儿群集的林子多好啊——
鸟的王国假如有"言论自由"一说，
那只是说，想歌唱才歌唱，
想沉默就沉默。

涂鸦

在一个多元社会，
涂鸦被视为文化的一部分，
是言论自由的表现形式之一。

## 堕落的天使

魔鬼的礼物多么诱人
一个天使堕落了
变成了人

人类的饲料多么甜蜜
一只鸟儿堕落了
变成了鸡

# 胡 子

在等待中
你们有多少人老了
每天都刮胡子
年轻的时候你们可是
最爱蓄留胡须，还说
小麦长出胡子的时候
就成熟了

你们忘了吗?

## 2004 年至 2015 年

## 甘蔗与傻瓜之歌

我一生的时间那么硬邦邦
我说它是一根甘蔗竖在大地上
我知道所有的甘蔗最终注定被砍倒
但谁知道砍头去尾的甘蔗甜的剩多少

除了世上最可笑的傻瓜
谁会妄想去追寻甘蔗里的阳光

一个浪人啃着甘蔗四处厮混
他说："感谢上帝赐予我们打狗棍！"
你知道甘蔗的渣滓会跟着山路一起拐弯
但谁知道甘蔗的甜味会不会也跟着拐弯

除了世上最可笑的傻瓜
谁会妄想把甘蔗当作牧笛来吹响

我想象自己是浓缩着一百年阳光的甘蔗
你想象所有人都被某个浪人啃着或者吹着
我说没想过舔自己的鼻尖照样有傻瓜的嫌疑
而你说有了傻瓜人类才有了一副上天堂的楼梯

除了世上最可笑的傻瓜
谁会相信甘蔗里最甜蜜的东西是想象

甘蔗地

"甘蔗"二字我们太熟悉，
但多数人没去过甘蔗地，
更懒得去思索甘蔗的奥义。

# 给河流一张沙发

一条河穿过了多少山谷，
一条河越过了多少石头，
它累了吗？累了吗？
给它一张沙发，让它坐一坐吧！

一条河灌溉了多少田垄，
一条河滋润了多少喉咙，
它累了吗？累了吗？
给它一头猪，让它填填肚子吧！

一条河熬过了多少冬季，
一条河引来了多少花期，
它累了吗？累了吗？
给它一床被子，让它好好睡一觉吧！

一条河，一条河啊一条河……
多年前是一条河使我爱上了诗歌。
我曾说诗歌是一种永恒的水果，
因为它是时间尽头的净水之果。

一条河，一条河，一条河……
不，不，我无法再使用这样的笔调，
一条河的遭遇不容任何人说笑：
旧沙发、死猪、破被子全在河里烂掉……

看呀，人们把一条河当成了垃圾场：
河里的鱼儿从此不再唱歌，
少数不安分的鱼假如还有梦想，
那就是尽早移民到岸上。

唉，一条河啊一条被毁的河！
一条河今天使我无力写我的诗歌。
我的心好累啊，尽管我四肢发达。
给我一张沙发，让我好好坐坐吧！

## 玛丽莲·梦露：令人着迷的坦克

男人和女人的关系
有如钥匙和锁的关系
遵循一把钥匙开一把锁的法则
世界的和平与安全就有了保障
但总是有很多男人不安分
老觉得自己是一把万能钥匙
能打开四大洋深处的宝藏
更能开启五大洲女人的衣裳
一个叫海夫纳的美国佬
摸透了男人的狂想
于是发明了花花女郎

最有名的花花女郎
是头发如阳光的玛丽莲·梦露
这个清澈见底的女郎
无论穿没穿衣服
都像钻石一般晶莹透亮
那一次她一去到越南战场
美国大兵的眼睛就闪出了绿光
送去一个裹着丝绸的梦露
就等于送去了一百辆装甲坦克
美国用以征服世界的武器
能起长期作用的只有这个梦露

1962 年 8 月 5 日
纽约的太阳推迟了几分钟升起
这个梦露神秘地死亡
给世界留下了一个永久的谜
四十多年摇摇晃晃地过去
人们淡忘了无数的王公与贵族
淡忘了无数的飞机、坦克和大炮
却仍然在对梦露津津乐道
说她使香水成了最美丽的内衣
说她是二十世纪的最后一个神话
说她是男人眼中最柔情的那滴露水
说她的早逝其实是一种幸福与祝福

三十六岁的梦露倒下了
无数个十八岁的花花女郎冒出来
她们是男人狂想中疯长的韭菜
多得叫人根本数不过来
你今天走在好莱坞大道上
要是看到某个老妇在抽着大麻
请不要瞧不起她麻袋似的皮囊
要知道当年她乳房的颤动
也曾导致了男人的颤动
从而使历史的走向偏离了一度
但世界记住的只有那个梦露

**辣妹梦露**

送去一个裹着丝绸的梦露
就等于送去了一百辆装甲坦克
美国用以征服世界的武器
能起长期作用的只有这个梦露

# 瞧啊，人这种彩蛋，或者盒子

我所爱的玩具是俄罗斯彩蛋
因为上面画的娃娃永远在微笑
大蛋里总是套着小蛋
小蛋里还套着更小的蛋
每个蛋上的娃娃都在微笑
仿佛在暗示世界有很多层阳光

我喜欢从山顶看人类的楼房
它们的内部结构同彩蛋有点像
大楼里有套着房间的套房
房间里有套着抽屉的柜子
抽屉里还有针线盒或小镜子
它们真像一个套着一个的盒子

要是有足够的想象力
你甚至会说连人类都是一种盒子
里面套着他未来的儿子和孙子
不知道你是否有足够的想象力
说鹅卵石里也套着它的儿子和孙子
不知道人类和鹅卵石是谁所爱的玩具

昨天又有一个人从楼顶落到地上
一摊鲜血剥夺了他儿子出生的机会
他的孙子从此也将永远看不到阳光

我多希望能穿过昨天的蛋壳进入前天
去告诉他彩蛋与盒子的真理
免得他妄想自己真的是一个自由落体

俄罗斯套娃

想象自己是一个
俄罗斯彩蛋或套娃，
里面装着一个又一个你，
或者装着你未来的子子孙孙，
你就会多一次跨越时空窥视天堂的机会。

# 从没见过大海的真实模样

叹沧海之无穷兮
愿临江河以安居
———— 作者手记

从没见过大海的真实模样

我只记住一些不安分的波涛
没有哪一个比另一个更重要
它们不由自主地朝岸边挤
然后不由自主地退下去喘息

从没见过大海的真实模样

我只记住一个凝望大海的姑娘
她去年把"爱"写在沙滩上
今年那里只有小螃蟹的足迹
空螺壳里不再有灵魂的秘密

从没见过大海的真实模样

我只记住一个愤世的少年
他为寻找真理而去到海边
但那里除了波涛还是波涛
他一气之下往海里撒了一泡尿

从没见过大海的真实模样

我只在那里追过一只带花的拖鞋
阅历使它足以做所有花儿的姐姐
那一天它独自漫步在波涛之上
不经意就踩碎了我的一千个理想

从没见过大海的真实模样

# 他的领导只是一棵树

从前他当过很多人的下属，
现在他的领导只是一棵树。
他说有时候他真愿变成一棵树，
省得为下岗之类的扯淡事儿难过。
是呀，当一个树爸爸多省心省力，
树的孩子们从小就能够自食其力。

他每天都守着借钱买来的摩托车，
觉得街上的所有人都会是他的顾客。
载客而去时他仿佛有一去不回的气概，
可完了他还是会回到同一棵树下等待。
他说以前他从没有过现在这种自在，
但在盛夏他宁愿在办公室对着一杯茶发呆。

那被无数人歌唱过的太阳真他妈亮，
在三伏天让他除了发慌还是发慌，
他真希望世界多一些树木多一些清凉。
他和摩托车跟着树阴一点点挪动，
他没有意识到自己在绕着一棵树转圈：
上午在这边，下午被太阳赶到那边。

不知是出于长期养成的习惯，
还是由于对那棵树产生了依恋，
即使在没有太阳的清凉日子，

他都要把车子停在那棵树的下面，
照样不自觉地绕着那棵树转圈，
上午在这边，下午到了那边。

我没有把这一有趣的现象告诉他，
这样的事情使我没有雅兴说笑话，
我只能多坐他的车来表示我的善意。
不知道那点车钱是不是也要缴税——
即使要缴也应该是先交给那棵树，
因为现在他受的是那棵树的保护。

# 男人能玩的火真不多

在这个世界上
男人能玩的火真不多
香烟或雪茄是最安全的一种
连不少女人都挡不住诱惑
我有什么理由去戒烟呢
我要向一种古老的植物宣战吗

能玩战火的男人
毕竟只是极少数
他们把世界烧出很多个洞
而你只是熏黑你自己的肺
你真是称得上仁慈了
你干吗要抛弃那"和气草"呢

令男人上瘾的东西很多
丘吉尔那个贪婪的家伙
一视同仁地喜爱美女和雪茄
但是美女远比雪茄复杂
两者最大的共同点是
被忽略久了就要重新点火

假如没有条件接吻
你至少还可以抽烟
每一个迷人的烟圈后面

都有一个燃烧的男人或女人
郁闷的夜晚点上一支烟
你就成了篝火照亮的原野

也许雪茄的分量
代表了灵魂的重量
想一想海明威为什么酷爱雪茄
格瓦拉为什么咬着雪茄才微笑
没有多少人理解他们的信仰
但谁都相信他们的雪茄很香

离开了雪茄
海明威的精神就潮湿了
离开了雪茄
格瓦拉不认识格瓦拉
这世界若没有烟草
男人和女人靠什么燃烧

当年赫鲁晓夫说
竖立的导弹是地球抽的大雪茄
他把核导弹运到了哈瓦那
但古巴的美女不爱导弹爱雪茄
她最爱对心上人说：你是我的古巴佬
啊你是我的大雪茄

这世界常常有悲剧
而戒烟是最大的喜剧

马克·吐温说戒烟很容易
他戒很多次都成功了
我也曾戒过很多次
要改造世界先得改造自己

一个被烟草改造的人
还谈什么改造世界
我告诫自己不要点烟
但世界那一头照样有人点烟
而且很多改变世界的男人
告别很多女人却始终离不开烟草

**老烟枪**

我告诫自己不要点烟
但世界那一头照样有人点烟
而且很多改变世界的男人
告别很多女人却始终离不开烟草

## 独白：我们是代表谁喝酒呢

假如真的如科学家所说
水分占人体的百分之七十五
人就是一种形状复杂的容器
我用右手把自己的左手抓住
就拿起了一个杯子或者一个水壶

很多人想不到自己是一个水壶
或者也想不到自己是一个酒杯
来吧哥儿们，干了这一杯

哥儿们，别以为摇晃就是不稳当
我摇晃并不代表我没有立场
我这是在感受酒杯摇晃的滋味
你是否知道酒杯有酒杯的乐趣
你是否清楚自己身体里的水位

我没醉，你才醉呢哥儿们
不信我就出几个题目考考你：
世界上最厚的脸皮能厚到几毫米
思念的平方是多少立方又是多少
假如你始终是在追逐光明
除了光明的屁股你还能看到什么

我没醉，姐儿们别担心

请你为我留三个月的长发
懂得了头发的道理就懂了人生

来吧姐儿们，我喝完你随意
我跟你说吧，从今天起
你有快乐的义务，没有悲伤的权利
你去告诉那个仰天长哭的人
想得到幸福的人要把一生的泪水
一天流尽

昨天在电脑上看到
有几个人代表人民睡着了
我们是代表谁喝酒呢，代表谁呢
我真的梦想能够代表一下谁
可是有人说你有梦想就说明你老了
让我代表大家把这一杯干了吧

来吧兄弟姐妹们，干了吧
完了就该干吗干吗去
我跟你们说啊，酒是黑夜里的阳光

明天我不会和你们一起去看朝阳
在十二点以前你们要把我遗忘
十二点以后再到我的窗户下来吧
就像站在一个古堡下那样大喊一声：
哈姆雷特王子，该起床啦

# 贝克汉姆的鼻子

对贝克汉姆来说
他的鼻子是他男性的旗帜
他知道在他最终倒下的日子
只有这个器官还能够挺立

擅长射门的贝克汉姆
他是上帝的侄子
无数女人爱他鼻子的曲线
说那优雅就像鸟儿在蓝天下拐弯
他的鼻子像木桩插进一个女人的记忆
当天晚上就能在那里开出花朵

鼻梁坚挺的贝克汉姆
他是上帝的侄子
无数男人对他心怀醋意
说他为鼻子买保险准是一个诡计
说谁知道那玩意儿在黑夜里能做什么
谁相信它的鼻音能让英格兰的牧笛怀孕

我一度对贝克汉姆也很羡慕
但后来有一天我突然有所感悟——
原来每个人都有一个鼻子
而且每个鼻子都有过打喷嚏的快乐。

# 这首诗也瘦得像搓衣板

一个欧洲模特
尊崇"瘦就是美"的信仰
渴望自己瘦得像搓衣板一样
从节食到厌食到绝食
最后她提前死了

一个非洲女孩
渴望终有一天能够长胖
她什么都想吃却没东西可吃
也瘦得像搓衣板一样
最后她也提前死了

两个女孩的渴望
朝相反的方向拉扯我的思想
使它像绷紧的橡皮筋一般瘦长
于是这首诗也瘦得像搓衣板
一棵树也提前死了

# 南瓜、苦瓜和莎士比亚

刚进大学时我不懂莎士比亚
城里来的同学觉得我像傻瓜
说我的启蒙课本是南瓜或者苦瓜

一年之后我熟悉了莎士比亚
故乡的亲友们觉得我真聪明
说我除了会读书还会种南瓜和苦瓜

也许苦瓜是植物王国里的莎士比亚
也许莎士比亚是人类王国的一种南瓜
这一切还真是很难说清楚

# 新书和红薯

难得回故乡看父亲
我会给他一本城里出的新书
难舍从故乡离开母亲
我会带走几个故乡产的红薯

我不断带回新书带走红薯
有如一个调酒师在勾兑美酒
我想这样减少老家和新家的差异
好让住惯乡下的父母也喜欢城里

看了很多书也吃了很多红薯
而怎样让一本书等于一个红薯
或者让一个红薯等于一本书
却是我这些年始终没有解决的问题

## 全世界的落叶联合起来！

有个孩子喜欢垒石头
他把它们东扭西歪地叠起来
上面的石头总是会伸出去
有人问那古怪的形状是什么
他说他叠出来的是风
人们说他是一个傻瓜

他还爱把树枝插在水边
然后对它们看上老半天
有人问他是在看什么
他说水也是一种蚂蚁
会沿着树枝往上爬
人们说他真是一个傻瓜

我见过他在草地上玩落叶
他用叶柄把很多叶子连起来
我问他竖起的两片叶子是什么
他说那是兔子的耳朵
没有人相信他说的话
没有人不说他是一个傻瓜

草地上常有他玩过的落叶
叶子与叶子通过叶柄相连
有时围成城堡的模样

有时又像是一头倒地的恐龙
叶子做的圆圈上再斜插一片叶子
没有人相信那是一顶插着羽毛的草帽

也许在他眼里叶柄是树叶的手指
也许他觉得树叶离开树枝就会孤独
他十多岁了还没有上学读书
要是他读过书并且知道马克思
我不知道他会不会说：
全世界的落叶联合起来！

## 举起一根火柴跑十米

假如在白天
你当不了奥运火炬手
那就在黑夜划燃一根火柴吧
举着它跑上十几米
你就像是一个全能冠军

别小看一根火柴
它在黑夜里可是一个火炬
那奥林匹斯山上的诸神
一看到它的亮光
就会推迟两个小时睡觉

火炬

在漆黑的夜里，
要学会制造火炬，
有了火炬就有了
在黑夜舞蹈的可能性。

## 我菜碗里的福尔马林（断章）

最近我的指甲比我的智慧成长快
我不知道是不是由于吃肉太多的缘故
现在很多人用饲料"猪快长"喂猪
然后是更多的人吃那种早熟的肉
根据中国人 "吃什么补什么"的信仰
我指甲疯长的势头一定会锐不可当
同样疯长的还有很多人的腰围
瞧，双手捧腹的张三像抱着个大西瓜
那副派头还真有几分田园风光的韵味
我多想回到远去的田园时代啊
那时候真好：种豆得豆，种瓜得瓜
不像现在这个时代如此世事难料：
种瓜未必得瓜，种豆反而得瓜

在上个世纪我还能好好享受晚餐
而现在，我在餐桌边简直就像一个法官
我先要对一盘菜进行一场严厉的审判
然后才像履行程序似的夹菜，看菜，吃饭
不知道我碗里的油是不是潲水油、地沟油
我怀疑我很可能被人当成了下水道
不知道我体内的九曲十八弯是否真像下水道
也不知道蛔虫钩虫之类在里面是否也会怕黑暗
也许每个人的体内都有一两条人性的下水道
那穿越我身体的黑暗之路啊，一定很漫长

不知道远行的蛔虫和钩虫是否有万里长征的悲怆
也不知道什么才是指引它们前进的灯塔或北斗星
唉，这么一想象，我就失去了吃饭的雅兴

从前胃口不好时我喜欢吃几个红辣椒
辣椒的辣啊，是多么锋芒毕露、与众不同
让我觉得辣椒是植物王国的持不同政见者
红辣椒的红啊，代表了浪漫人生所有的热烈
让我相信它浓缩了太阳对全人类的祝福
可是现在，菜碗里的红辣椒让我发蒙
我拿不准那种红是不是苏丹红的红
不知道红的背后是否藏着阴险的敌敌畏
这些年我体内囚禁了无数饱含怨气的毒素
我担心它们会把我当成现代秦始皇
深夜时分在我体内发起一场陈胜吴广起义
我历来都遵循我奶奶的教诲努力向善
不知道未来会有哪一个司马迁来为我翻案

当我不得不完成每天吃饭的任务时
我真羡慕那些得道的高僧能够辟谷绝食
崇高的德行在他们体内逐步凝结为舍利子
神圣的舍利子啊，使他们的体内一片明亮
也许正是从神奇的舍利子获得了感悟
一些聪明人发明了三聚氰胺营养奶
五十六个孩子一喝下它便开始早熟
他们还不知道这个世界有善与恶之分
身体内就有了类似舍利子的结晶体

从前为写出李白或李商隐那样的好诗歌
我曾经希望为我的想象力找到一种保鲜剂
就像解剖室里浸泡尸体的福尔马林
现在我发现福尔马林就在我的饭碗或奶瓶里

福尔马林就在我的饭碗里、奶瓶里
三聚氰胺溶进了我的血液、淋巴和胆汁
干笋里的硫黄把我的肝脏变成了天堂的灵芝
这些发现激发了我无穷无尽的想象力
同时也剥夺了我吞咽食物的力气
我会因想象力而厌食进而英年早逝
我会成为和平时代共和国的一名诗歌烈士
可是，可是，我的父母和姐妹没有我怎么活下去
父母看我时的眼神啊，像老农看秋天的稻谷
也许为了他们我必须阉割我的想象力
那么多人敢于把自己的灵魂像盲肠一样割掉
我干吗不能像切萝卜那样剁碎我的想象力
然后像恶狼似的把它吞进空虚的肚子里
…………

# 门牙之歌

一个屋子的门本来有两扇
可现在只剩下可怜的一扇
只剩下一扇门的屋子
和一座破庙有什么区别——
被人和神同时抛弃的破庙啊
只有寒风偶尔在里面安家

我说的破庙指的是我的脑袋
丢失的庙门是我被磕掉的门牙
那天晚上，酒让我忘记了我还有亲人
那天晚上，酒让我忘记了这世上还有神
那天晚上我摔一跤只用了不到一秒钟
而要找回那颗牙齿半辈子都不够用

这些天我不得不早出晚归
我不得不躲着我的母亲
我要是对她说是风吹落了我的牙齿
我母亲永远不会相信不会相信
门牙一丢失我就提前老了二十年
从此我活着就不得不更加小心

人的陶醉方式本来有很多种
不知道为什么有那么多人选择酒
很多人不喝酒就不会放声歌唱

不喝酒就不敢像国王那样说话
不知道人们要在沙漠里熬煎多少年
才能够真正明白水的味道

我的父亲以水养生五十个年头
在同事被学生打断腿的岁月
他当然没有钱去买酒浇愁
他拉二胡一拉就是十七年
二胡让他总算保住了肢体的健全
也让我相信音乐有时候是一种盔甲

但现在我的门牙已经折断
我再没有机会替它穿上音乐的盔甲
从此我不得不靠谨慎来护卫我自己
从此我不得不时刻提醒我自己——
对有些像水的东西你要小心
对有些像君子的人你要远离

**断手与二胡**

二胡虽然只有两个弦，
却足以表达两百种悲哀。

# 核桃与宇宙之歌

宇宙中有个地球
地球上有一个中国
中国有个叫桂林的城
桂林城有一栋旧旧的楼
旧楼房里有我家的一套房
我家的房里有一张圆圆的桌
圆圆的桌上有一个四方的篮子
四方的篮子里有一个圆圆的核桃——

核桃的壳啊何等坚硬
核桃的壳里一定非常黑暗

篮子里的核桃属于我十四岁的儿子
像看儿子一样盯着核桃出神时
我觉得宇宙就团结在我家的核桃周围
我的老父亲听了觉得很好笑
他是有四十年党龄的老党员
对核桃和宇宙谁是核心的问题
他有他自己的一整套逻辑——
他不会想象逻辑是另一种核桃

核桃的壳啊何等坚硬
壳里的黑暗中会不会有另一番风景——

圆圆的核桃里有一个四方的篮子
四方篮子里有一个圆圆的桌子
圆圆的桌子上有我家的房子
我家的房里有栋旧旧的楼
旧楼房里有一个桂林城
桂林城里有一个中国
中国裹着一个地球
地球则裹着宇宙

核桃的壳啊何等坚硬
我看不见核桃壳里的黑暗或风景

## 你要照顾好自己的椅子

即使大地上的房子不属于你
即使房子里没有在等你的女人
房子外也没有你正在等的马匹
你都要努力活得像一个皇帝
想象各种肤色的蘑菇就是你的子民

　　无人陪伴的日子
　　你要照顾好自己的椅子

从前那些皇帝有很多妃子
而我只有用来写你的稿纸
皇帝巡幸不完所有的妃子就会老死
而我写出该写的字就能回归童年
一张写了字的纸是我为你修建的宫殿

　　无人陪伴的日子
　　你要照顾好自己的椅子

将来有了钱我会买一套大房子
我要在一个房间摆满明代的桌椅
在隔壁的房间摆上清代的书柜和瓷器
我上午会在清朝抽烟或者上 QQ
下午则在明朝写字或者给你打手机

无人陪伴的日子
　　你要照顾好自己的椅子

孤独能孕育快乐的妙想——
你曾说：有一种皇帝般的境界叫裸体炒菜
我曾说：大脑和屁股要生活在不同的朝代
手头有一串清代的五帝钱丁当作响
我们就当是把康熙或乾隆捏在了手上

　　无人陪伴的日子
　　你一定要照顾好自己的椅子

## 小鸟与玻璃

一只小鸟误入玻璃房
到处都是通往云端的路
可每一次飞翔它都会撞墙

　　　透明的玻璃墙啊
　　　像是光明的表妹

我释放了那只鸟儿
它离开我的掌心时很恐慌
我的手指比高压线更粗壮

　　　透明的玻璃墙啊
　　　又像是黑暗他姨妈

这世界鸟儿越来越少
玻璃房子却越来越多
我只能刮光胡子退化成人

# 也许我只是业余地活着

太阳每天准时把世界照亮
那是一个很专业的太阳
我只有下班后才想起该去看看太阳
只有晚上才有空想象自己是一朵玫瑰
我只是一朵业余的玫瑰

父母一辈子都在为我操心
他们是很专业的父母
而我只能把过年的部分时间献给他们
只能用不多的一点钱表达部分的孝心
我只是一个业余的儿子

领导每次说的话都很重要
他们是很专业的领导
而我只有在家里说话才颇具分量
只有为孩子安排娱乐才显示出领导才能
我只是一个业余领导人

一株苹果树奉献了所有的果实
那是一株很专业的苹果树
而我只是把收入的一部分纳税给国家
我只享有纳税人的部分权利
我只是一个业余纳税人

舌头不能辨别白酒的好坏
我只是一个业余酒客
对单位领导的专横一声不吭
我只是业余爱正义
只有酒后说话才像一个国王
我只是业余很高贵

本想一加一等于二似的做人
但太多情况是一加一不等于二
我的数学是业余水平
我的情商是业余水平
我拉关系是业余水平
甚至谈恋爱都是业余水平
业余业余业余

也许我只是业余地活着
像一朵业余的玫瑰

# 一只空手套在街上

一只空手套在街上
还保持着手的姿势
一副要抚摸大街的模样
一副要和大地握手的模样

很多自行车绕了过去
毕竟那手套有手的模样
但匆忙的人们没有谁去细想
那手套里的空气带有谁的体温

一辆皇冠车直冲过去
从那手套上碾了过去
手套立刻失去了手的姿势
手套里的体温也随风飘逝

那只手套没有流血
因此不算发生交通事故
也不存在司法是否公正的问题
当天的报纸说街上很和谐很诗意

# 帽子与蚊子之歌

到了盛夏才意识到，
春天竟然已经过去。
总觉得应该记住点什么——
比如那一天人们聚在一起搓麻将，
而我们在想象自己是人类之花，
诗歌则是我们的芳香。

以诗歌的名义聚会的那一天，
诗人大朵把他的牛仔帽扣在我头上，
我开心得像木棉绽放在高枝上；
那一天我明白了帽子的意义，
还发现诗歌是另外一种帽子，
让我的精神增高了十厘米。

你也许觉得我很搞笑，
是的，我这辈子只会胡说八道，
你懂的，无论唱红还是打黑，
都远远超出了我的能力范围：
我最大的能耐是想象力非同一般——
比如唱红歌的高音部，简直就像爬大山

在想象力会构成犯罪的时代，
我很可能被扣上白纸做的尖帽子，
被五花大绑地押去游街示众，

类似于苏联诗人布罗茨基的遭遇，
他曾因写诗被判处"社会寄生虫罪"。
（莫非诗歌是一种精神蛆虫？）

春天竟然就过去了，
总觉得应该记住点什么——
比如我曾在一条河边伫立，
垃圾让河水流动得很缓慢，
有一群蚊子在我的脑袋上方聚集，
我就像中世纪的圣徒头顶着光环。

草帽

一顶草帽的意蕴，
有时胜过千言万语。

# 我们都是鱼的邻居
—— 灵渠四题

## 一、铧 嘴

两条河在这里握手
两条河又在这里惜别
漓江南流，湘江北去
我在这里想寻找秦朝的鱼

两支军队曾在这里厮杀
两支军队曾在这里言和
我为秦朝的遗迹而来
可秦代的血斑已化为青苔

站在铧嘴的石头上
看金黄的稻田延伸到远方
我发现犁铧比宝剑更柔情
稻穗则比皮鞭更久长

漓江南流，湘江北去
灵渠的水呀何等清澈
让我认定秦始皇当年南征
用的武器不是宝剑是甘蔗

## 二、小天平

小天平在古老的灵渠上
这道水坝蕴含着一种渴望
——大地上要有公平
公平才符合天意——
你瞧，河水从不嫌弃低洼地

丰水季节到小天平
河水掠过堤坝的条石
就像我心爱的姑娘玉手轻盈
在古筝的琴弦上弹奏出乐音
每一根琴弦都楚楚动人

而枯水季节水量失衡
小天平如同闲置的古筝
你躺在条石上要摒除杂念
假如你相信自己是一根琴弦
阳光会在你身上弹出音乐

小天平在古老的灵渠上
这道水坝寄托着一种信仰
——大地上要有公平
公平才符合天意——
你瞧，阳光对阴沟都不嫌弃

### 三、古树吞碑

在清幽幽的灵渠边
一棵树用了七百多年
吞并一块乾隆时期的石碑
你问我树为什么要吞碑
我说是因为石头有营养

你说树是在拥抱石碑
我说是石碑在穿刺那棵树
你说拥抱有可能成为暴行
我说穿刺也可能隐含着柔情
这一切你我真的说不清

我把脸紧贴在碑石上
像壮士把颅头搁上断头台
你一按快门就定格了一个狂想——
我是历史的案板上的一条鱼
正准备为一条河捐躯

### 四、水街

在水街临水一坐
我们都是鱼的邻居
我想象自己是一条鱼
你的秀发是灵渠的水草

**古树吞碑**

关于古树吞碑的年代，
有多种不同的说法，
你可以为传说开心，
但千万不要当真。

在中国很多地方
河流中已经没有水草
鱼类失去了过节日的地方
姑娘啊，请呵护好你的头发

风和日丽的水街
大姑娘的长发迎风摇曳
小伙子，把想象的手伸过去
你的手指会变成飞翔的鱼

从万里桥去古代
再从马嘶桥回到现代
来这里就是为了相遇
一个眼神胜过千言万语

月光如银的水街
伏波将军会忘记马革裹尸
今夜我也只想呵护一个姑娘
一缕长发是我的祖国的旗帜

在水街临水一坐
我们都是鱼的邻居
我想象自己是一条鱼
你的秀发是灵渠的水草

# 看守所外的瞎想

对被囚禁的人来说，
活在外面就是幸福。
在外面你有胡思乱想的权利——
看守所外面是 2013 年 3 月 19 日，
里面可能是 2012 年 3 月 19 日。
外面的桂花树多么明媚，
里面的铁栅栏非常阴郁；
前者是大地的合法儿女，
后者可能是私生子；
但彼此法律地位平等

对辩护律师来说，
能会见被囚禁的人就是幸福。
而我只是一个实习律师，
我的幸福当然处于实习期；
我在看守所外面等我的指导律师，
戴手铐的人把他视为万能钥匙。
我一边等待一边放音乐解闷，
《小夜曲》还是从前那个旋律，
可此刻听起来却像是在拉锯。
也许将来音乐也能成为一种刑具。

我关掉《小夜曲》，
开始看路边的雏菊；

它们在阳光下自在地摇曳。
从前在安徒生大帝的国土上，
雏菊是自由的铃铛；
你屏住呼吸就能听到铃声。
日落之前魔法师会喃喃细语：
"铃儿铃儿，响起来，响起来！"
铃儿一响就到了放风的时间，
被囚禁的人便可以走到阳光下。

几拨女人前来探监，
她们最终没有进入看守所，
进去的只是她们带来的三条烟；
我不知道最后会是谁抽那些烟。
也许对被囚禁的人来说，
点燃的烟是一支魔棒，
能把牢房变成篝火照亮的原野；
也许人这一生就像抽烟，
肉体是烟灰要落到地上，
灵魂则像烟雾要升上天堂。

# 王城里的瞎想

一个王的家是城池一座
一个王占有女人无数
这任何一点都足以让男人发狂
无数的男人渴望成王
凡王位易主总有人提前死亡

在王的城里
连山峰都感到孤独
在王的城里
唯有露水保持清秀
王感到星星是女刺客的眼睛

固然有桂花的芬芳
固然有贡院的书香
王的城里有广厦万间
却安不下草民徐霞客的小床
王的城比繁星密布的天空还拥挤

不能像王一样拥有城池
我要学会把茅屋变成我的城
茅屋里至少要有一个纸盒
某个夜晚蟋蟀王会去里面歌唱
那纸盒会变得如宫殿一般堂皇

茅屋里还要有一副围棋
黑白棋子是两群痴男怨女
棋盘则是他们的恩怨纠结之城
看黑男白女在城里纠缠不清
你会悟出什么是杀机中的柔情

## 脚印与公章

我儿子去了遥远的地方，
每天与他相见是一个梦想。
想念他时最温暖的状态，
就是翻阅他的出生纪念册——
上面有他的第一个脚印，红色的。

最初儿子在医院降生，
我不时偷偷去保温室窥望，
生怕他被别人盗走或者掉包；
就验明正身这一点而言，
儿子的红色脚印比公章更可信。

我儿子是头生子，独生子，
他出生是得到公章认可的。
有无数的孩子最终没有出生，
只隔着母亲的肚皮感受过阳光，
因为他们没有得到公章的认可。

我收藏有一本废弃的干部档案，
里面的文件盖了几十个公章，
每一栏的评语都意味着一次审查；
其中的蓝色公章非常冷峻，
有如猪肉皮上的检疫合格章。

我儿子现在还不太理解公章，
也不明白人的需要除了阳光，
还有很多公章都无法支配的东西。
也许将来明白了他会狠狠地跺一下脚；
我靠！脚印是他与大地签约的印章。

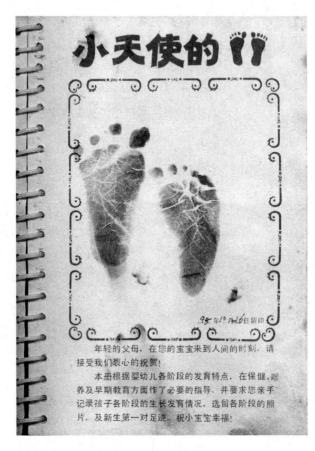

小天使的

年轻的父母，在您的宝宝来到人间的时刻，请接受我们衷心的祝贺！

本册根据婴幼儿各阶段的发育特点，在保健、喂养及早期教育方面作了必要的指导，并要求您亲手记录孩子各阶段的生长发育情况，选留各阶段的照片，及新生第一对足迹，祝小宝宝幸福！

95年10月26日留印

小天使的脚印

就验明正身这一点而言，
儿子的红色脚印比公章更可信。

# 庄严的诗

## 1988 年至 1998 年

## 爱在路上
——献给古典时代

被爱情抛弃的人，
　　要看守好记忆；
被记忆抛弃的人，
　　应该去流浪！

我拄着打狗棍，
　　来到你通往灵魂的城市。
你美丽得能唤醒记忆；
　　你美丽得使树木感到孤独。

注视你时，
　　我找到了浪费时间的理由；
我走之后，
　　你会浪费你的美丽。

被爱情抛弃的人，
　　要看守好记忆；

被记忆抛弃的人，
　　应该去流浪！

怀旧

你和我，
手拉手向前走，
我偶尔会回头，
是想看一看
我们叠在一起的影子。

# 石灰岩山

被风雨抽打得遍体鳞伤
这些石头不会被用来盖房铺路

也不会被刻成纪念碑
因而被一个个名字压得很累

创伤构成风景
世界不显得憔悴

石山中的老树

在世界的嶙峋中，
隐藏着一种嶙峋的美，
等着我们的慧眼去发现。

# 裸泳者

在父母体内流浪的日子
他们的肉体是我的衣服
后来他们给了我皮肤——
一件注定要穿一辈子以上的衣服
一件弄破了要用血来缝补的衣服
我解不开腹部那颗奇怪的纽扣

众多的衣服像咒语一样伴随着我
父母的爱是一件汗水淋淋的衣服
让我感受到上个世纪的雨的重量
我的名字是一件抽象的衣服
夹在书里也许不如一片枯叶辉煌
一个个数字是我的衣服
一重重职责是我的衣服
一个个白天和黑夜是我的衣服

这辈子做了人
就再也成不了水中的鱼儿空中的鸟
这辈子做了人
就再也成不了沼泽的蜥蜴山上的树
一个男人一旦穿起一个女人去走路
这辈子他只能在想象中
去一千个女人中快乐地流浪
我在想象中进入狮子的皮肤

可我叫起来像一只鸟
我在想象中穿起一棵树
可树精已从我的根部溜掉
想象是衣服的衣服

我在衣服午睡时潜逃
来到这阳光流淌的海滩上
你看见我男性的旗帜倒下了
你女性的森林也不再幽深
这里只有进入海水的光柱
这里只有吮吸光柱的海水
而我们俩是雌雄同体的树木
被上帝种在这一望无际的海滩上
任海水冲刷掉渗入血肉的衣服
让阳光熔铸成崭新的皮肤

# 为什么它叫作牛呢？

在郊外的田野上，
我指着在吃草的牛对儿子说：
"川儿，这个叫作牛，还记得吧。"
两岁半的儿子突然问道：
"为什么它叫作牛呢？"
这一简单的问题令我吃惊。
记得有一次和一老僧同船而渡，
问他吃素日久是否体虚，
老僧反问道："牛是吃素的，
你觉得牛体虚吗？"
那一次我同样吃惊。

在镜中看到自己日渐发稀的头顶，
我突然产生奇想：人生说白了很简单，
一辈子的努力，为的是让头顶
那个稀树环绕的湖泊
映照出蓝天与白云。
当我到达老僧那个年龄的时候，
我儿子将是我现在的年纪。
五官的相似使我乐于想象：
我和儿子是一棵树及其在河边的倒影。
令我高兴的是儿子尚年幼无知，
不会问我和他之间流淌着一条什么样的河。

河里的水牛

两岁半的儿子突然问道：
"为什么它叫作牛呢？"
这一简单的问题令我吃惊。

# 你的鼻子瞄准天堂

我没有老过，
不知道老的滋味。
——作者手记

那一天有咖啡般的阳光，
老人，垂死的老人，
你令我悲伤！
你躺在洁白的床上，
和解剖室的标本没什么两样；
只有你的鼻子像双管猎枪，
斜指天空，瞄准天堂——
自从你倒下之后，
这已是你唯一能挺立的地方。

老人啊老人，
你令我悲伤！

人活六十是一种福气，
活到七十是一种胜利，
而八十以后却未免可怜——
老人啊老人，
你的记忆模糊了，
八十年前就等于昨天；
你的耳朵聋了，

你生活在世界的鼓膜后面。

老人啊垂死的老人，
你让我感到人进入天堂之前的可怜。
我怀着在天堂门前的虔诚，
半跪在你的床前，
你的眼睛犹如无底的深渊，
映不出哪怕一线蓝天；
你用最后的力量抓住我的手掌，
有如冬天里的根抓住了土壤；
你用手指凝视我带去的玫瑰，
但你的手指流不出眼泪。

老人啊老人，只有你那猎枪般的鼻子，
表明你毕竟是一条汉子。

当年一定有不少女人
心里埋着对你的爱，
说你的鼻子像一只鹰守在山顶；
在过去某个狂热的年代，
你的鼻子肯定把雄辩的力量，
赋予了你的信仰；
我相信你鼻子边的那个疤印，
便是历史留给你的枪伤；
我知道你爱过的事物很多很多，
而你以种树代替生孩子是一种反抗。

老人啊垂死的老人，
你到最后一刻还不愿放下你的枪！

你用鼻子和世界对话的情景，
你用鼻子作探照灯
在监狱的黑暗中探索的苦辛，
已刻进你那本写在烟盒纸上的诗集；
你最后写下的那一行诗，
已像独木桥横跨过生与死的鸿沟，
你即使做过再多的错事，
也有了请世界原谅的理由。
老人啊老人，请你放下你的枪！
一个种过很多树的人有理由安息，
因为那些树已成为你在天国的旗。

将来某一天青草会淹没你这座炮台，
但老人啊，我忘不了你的鼻子像双管猎枪——
斜指天空，瞄准天堂。

## 孤独者

一棵树屡遭雷击，
只有鹰敢在上面栖息。
他想变成一片草地，
在人们的注视下
摇曳或者枯萎。

只能与世界长相遗忘，
睡梦中青草爬上胸膛，
半夜醒来世界已变了样：
"啊，从什么时候起，
天空已变得这样拥挤？"

# 那一天
——献给 Bloody Mary

> 一天胜过一百年
> 便可以死而无怨
> ——作者手记


那一天是我们的心境使天空格外的蓝
那一天全世界的风景我们不用眼睛看
那一天田野金黄的稻草散发着人性的芳香
那一天果园殷红的石榴是大地初孕的新娘

那一天我发现一朵玫瑰是另一朵玫瑰的姐妹
那一天我因爱上一只蝴蝶而关心所有的蝴蝶
那一天我从一粒葡萄理解了农妇一生的难处
那一天我愿大地上所有的葡萄为你们俩祝福

那一天我只能想象堂吉诃德拿的是一根甘蔗
那一天我相信人类除了彼此相爱别无选择
那一天历史是你递给我的一颗带着体温的葡萄
那一天我只想用微笑打开现实这颗坚硬的核桃

那一天你证明了人生最有趣的玩具和道具是香烟
那一天我想到了给孩子递一支烟是宣告他已成年
那一天我们嘲笑回旋的警笛自以为是爵士乐
那一天我们善意的谎言美如冬天最后一场雪

那一天你是亚马逊女郎有咖啡色的乳房
那一天我不再想提着宝剑饮马在多瑙河上
那一天你是卖花女来自阿尔卑斯山山麓
那一天我走进你的小屋便能连起两块大陆

那一天你用脸唤醒一块石头是一个奇迹
那一天我相信我发现了你便是创造了你
那一天我们在同一棵树下以树的节奏呼吸
那一天我相信全世界爱树的人会合而为一

那一天小天使米拉和西多同时来到世上
那一天索尔维格回到了梦中的情人身旁
那一天河边所有的洗衣女通过河水挽起了手
那一天我相信世界终有一天会有和平与自由

# 河

　　　　流动的是岸
眩晕的是石头
　　　　　　一去不回的是我

　　　一去不回的
　　　　　　是我
　　　　　　　　是你

　　　在这条河上
你留不下
　　　　脚印

# 体内的玫瑰

啊，一个人有多少血，
可以用来写他的诗歌？
　　　　——作者手记


我心爱的姑娘有一束快凋零的玫瑰，
她不忍心让它在垃圾堆里埋葬，
而愿用它抚慰我心底里的悲伤。
于是她用它做了一锅玫瑰汤，
供我和她背着全世界分享，
于是我俩成了世界上最温暖的坟墓。

除了成为玫瑰的坟墓或纪念碑，
那天晚上我们还能有什么作为？
为保卫一个将来会长出玫瑰的岛屿，
我的一个同胞那一天已在海上死去；
那一天的夜啊到处是灯红酒绿，
幸福的人们有几个能听见黄昏的悲伤？

我已记不清那个值得记住的日子——
以后的很多日子都是那位壮士的祭日。
那个会长出玫瑰的岛屿随记忆漂到了远方，
我能做的只是呵护一个体内有玫瑰的姑娘——
并不是每一个人的体内都有一朵玫瑰；
啊，这年月一个人怎样才能减少内心的惭愧？

**不愧**

不愧！认这两个字很容易，
而要做到需要一辈子的努力。

# 山　上
——献给 Bloody Mary

在使鸟儿嗓音沙哑的
　　翻着烟尘的空气里
在使鱼儿双目失明的
　　带有毒素的大河旁
我发呆的神情表明
　　我在思考动物的灵魂问题
而每一次想到灵魂
　　我都免不了要想到你
也许你我在前世
　　都是山上无拘无束的野狼
是上帝的玩笑
　　使我们同时具有了人的模样
我们和很多人混杂在一起
　　过惯了人类的生活
但从春季到冬季
　　我们的所有奔忙与灵魂无关

我真想带上你
　　去寻找我们前世的远山

又一个必定来临的春天
　　来了又离去
又一次必须进行的春游

发生在夏季
春天的结果是
　　绿色模糊了所有树叶的个性
在春游的队伍里
　　人们看到的不是你中的你
人们不知道你注视山鹰时所想的
　　是两颗灵魂乘同一躯体飞翔的问题
人们不知道我即使不用眼睛
　　也能看见你和山楂树合一的身影
人们纷纷爬上山顶
　　想用几炷香火换取神灵的福佑
而我们去那儿是想看那些
　　在我们移居进人体之前就已很老的石头

在那座已变成小贩天堂的山上
　　树木帮助我们回忆前世的故乡

在那离北斗星更近的山上
　　想象自己有一颗闪亮的灵魂真棒
在那可以直接进入血液的空气里
　　我们忘了去记自己前世是山上的野狼
然而即使在那么高的山上
　　我们都没法把尘世彻底遗忘
因为山上和山下一样
　　有人在以音乐的名义嚎叫
你讨厌像别人那样
　　被机器驱赶着穿过歌词的小巷

你更愿和我一道
　　用香烟把时间的两头点亮
我不在乎谈的是同性恋还是柏拉图
　　我们能听见彼此的声音就已足够
会心的微笑依次扫过你我的脸庞
　　我们就像时钟上的刻度一般安详

直到下山我们都没找到前世的故乡
　　但在山顶更纯粹的阳光下有你走在我身旁

# 雨　点

一滴雨从叶的指尖坠落
一个英雄庄严地死去
那瞬间美丽得让人忘记爱情

哭泣是亵渎
歌唱也是亵渎
我缩回了伸出的手

我知道
被捉住的雨点
不再是雨点

# 盲艺人

最让我欢快的是
看见我所爱的女人抱着她的儿子
像抱着一把吉他在浅吟低唱
最让我悲伤的是
看见你——盲艺人
在用扬琴演奏欢快如春天的曲子
把你看不见的太阳歌唱

你总是在黄昏时候
出现在城市的十字路口
也许你莫名其妙地觉得
黄昏能使人变得善良
间或有一两毛沾着汗水的纸币
落进你那有裂缝的碗里
有如枯叶在荒郊找到安息之地

从你身边走过脑袋如旗帜的男人
以及嘴唇如石榴花的女人
你不知道他们搂在一起是城市一景
你没有雅兴去想他们的爱情
是否像你的碗那样也有裂缝
你必须抓紧时间种植音乐的庄稼
好让它们在人类良心的山谷发芽

我要把兜中所有的财物换成一大捧硬币
在你弹累了休息片刻的时候
在你的盲妻子递给你毛巾的时候
我要把这些带着我的体温的小钱
像水一样浇向你那五十根琴弦
这些沾满了细菌的小东西
会撞出你有生以来听到的最纯洁的声音

高楼大厦把行人吞得所剩无几的时候
你背着扬琴拄着拐棍走回你的小窝
你的盲妻子摸着你的肩膀跟在你身后
我希望天下所有的男人和女人
一看见你们的身影就懂了爱情
每一次我所爱的女人抱着她的儿子浅吟低唱
我就想起你曾经用春天般的曲调歌唱过太阳

盲艺人

我希望天下所有的男人和女人，
一看见你们的身影就懂了爱情。

# 感　召

你在等什么呢？
我在等时间。
　　　　　——作者手记


那一天
你一离开就起风了，
有一只鸽子在空中来回地飞翔，
我相信它是想跟着风掠过你身旁。
从那天起我对风真正有了感觉：
风是一片布满鹅卵石的河滩，
你的长发是急流在上面流淌，
我相信我的手指能在里面找到清凉。

那一天
有一千个少女足以令我惆怅，
而唯有你能使我的灵魂受伤
从而使我得以和神灵接近。
我在神的灵光里看见你
和那个残废的女子合而为一，
我帮助她便是帮助了你。
你和我擦身而过，
于是我又多了一次回头的机会。

假如再有人劝你嫁一个大胡子的人，

或许你真该抽点时间想一想，
说不定他有时候真的是一个圣人。
假如你能从一部胡须里读出真理，
那你这辈子便不会迷茫。
当年他常说要用强大的胸肌磁场
吸引女人和真理，
你走后他只能把拳头举向天空，
并想象风是他的一面旗。

将来某一天
你光洁的额头
会幻化出层层梯田，
我久经风雨的胡须
也已呈现秋天麦芒的光泽。
到那一天风疲惫了的时候，
我会把路上遇见的每一个年轻的生命
都视为你和我的孩子，
并带着他们的祝福来和你做伴。

# 鱼和石头

一条不知名的河，
　　从我的身边流过，
一条不知名的鱼，
　　肚皮朝天随波而去。
我已目睹太多的死亡而不愿悲伤，
我只是说："啊，为它送葬的是一条河。"

河边的青草真令人羡慕：
　　它们无须把那死去的鱼记住
　　也不必知道我在想些什么。
我从河中捡起一个图案生动的石头，
　　不知小鱼是否对它有过雅兴，
　　不知小虾是否让它见证过爱情。

石头在艳阳下渐渐干枯，
　　图案因缺水而渐渐模糊。
我失望地把石头放回河中，
　　发现石头竟立即恢复了灵动。
我惊讶我差点谋害了一个石头。
　　　　一不小心就可能伤害一条河。

我看到了一个石头复活的表情，
　　也理解了一条河隐秘的欢欣。
在一条河里石头不仅仅是石头，

它还可能是一种鱼，

而在岸上它却只能是石头。

我在心里说："啊，为它招魂的是一条河。"

干涸的河滩

一旦河流干枯，
石头便有如白骨。

# 2004 年至 2015 年

## 谁也不知道鸟的年龄
—— 献给 Knotie Naughty

一只鸟儿在天空飞行
谁也不知道它的年龄
我只知道它是一个温暖的家
流浪的灵魂如在那里找到归宿
从此便不会在茫茫的天空迷路

一条小鱼在水中散心
谁也不知道它的年龄
我只知道它是一条河的表情
厌倦的灵魂听它吟唱那来生的歌
从此会像爱一个人一样爱一条河

一棵树在大地多么坚定
谁也不知道它的年龄
我只知道它是所有先知的祖父
迷惘的灵魂和它用同样的节奏呼吸
就能感悟那与山脉同样古老的真理

一个女人在远方写信
谁也不知道她的年龄

我只知道她能把锤子变成花朵
悲伤的灵魂能和这种魔术师同行共处
会坚信一滴泪水一万年后将化为珍珠

一首小诗在心中飞行
谁也不知道它的年龄
我只知道它是神灵撒下的种子
绝望的灵魂带着它寻找前世的故乡
会在一个小苹果上看到天堂的霞光

# 一滴鸟屎落在我的肩上

在一个阳光成长的早上，
一滴鸟屎落在我的肩上，
增加了我那一天的幸福的重量。
在这个房屋如鸟笼的城市，
遥远的鸟叫是地球那一边的历史。

我已好久没有看到鸟儿了！

儿时的燕子不知去了哪里，
老祖父曾说它们来自乌衣巷，
见识过唐朝那无限好的夕阳。
那时我讨厌落在头上的鸟屎，
今天却是一滴鸟屎在让我写诗。

曾经有无数麻雀飞过我的童年。
自从捕杀麻雀的人鸟之战以来，
麻雀已被越来越多的尘埃取代，
被取代的还有爱唱反调的乌鸦；
天空没有了鸟就像草原灭绝了马。

我已好久没有听到鸟叫了！

我后悔我曾向鹭鸶开过枪。
此生令我略感安慰的是，

曾经有鸽子在我的肩上停过片刻；
那一天在莎士比亚的教堂旁，
我不用努力就长出了翅膀。

此生令我略感自豪的是，
我从未允许公鸡在头顶冒充飞翔。
我如何才能练就大树的安详，
吸引真正的鸟儿来依偎我的脸庞？
我何时才能摆脱稻草人的模样？

我已好久好久没有看到鸟儿了！

只有一种鸟叫到达我的指尖，
只有一滴鸟屎落在我的肩上，
它们增加了我今天的悲伤的重量。
停一下吧，为我浓缩吧，时光！
让一百种鸟儿同时出现在天上！

人与鸽子

我如何才能练就大树的安详，
吸引真正的鸟儿来依偎我的脸庞？

## 平安夜：我愿做你的第三粒纽扣

明天就是圣诞节啦
到自由的蓝天下接吻吧，
今天你们将得到白云的祝福
即使今天北方还有寒流
也不能让所有的花朵低头
你往日的忧伤今天一离开嘴唇
就变成了风的女儿
嫁到了远方

今天你走进人群
就像走进树林一样
有头衔的人只是多一块标牌
类似于"白杨科"、"槐树科"
而你是一个有美好情怀的人
就像一棵樟树托着鸟窝
你的微笑就是你的护照
想自杀的人一看到你
就会推迟几天

今夜你可以抽烟喝酒
还可以像国王一样大声说话：
"人生能得几回疯？要有疯的派头！"
今夜你的野蛮女友会格外温柔
歪着脖子靠着你像可爱的豆芽菜

今夜她最野蛮的举动
也只是拿起一把刀子
威胁几个苹果

今夜最合适弥补过错
我要对为我流过泪的人说：
"今夜我愿做你的第三粒纽扣！"
今夜三十八岁的人将再次成为诗人
他要浪漫地告诉他所爱的人：
"金色的叶子飘下我的圣诞树
有两片悄悄落到你的眼帘上
今夜你将比所有的人
先见到阳光！"

# 我指尖下有几千年的智慧在流淌

一条奔流一千里的河能给人几千里的遐想
哲人说思想可以在未来的河谷激荡起回音
诗人说马儿的丹凤眼有蜿蜒千里的似水柔情
而我说假如真有来世我愿变成河边的一头牛

一条奔流一千里的河从我门前流过
我和几千里河岸的人们成了亲戚

一个苦恋十年的女孩能给人几十年的留恋
哲人说她省下钱来印经书是把她的爱放大
诗人说她捧着经书时美得像托着鸟窝的柳树
而我说假如能变形我愿做那带她去南非的马

一个苦恋十年的女孩问我"早上好"
我仿佛看见一朵花儿在轻轻地摇

一本流传一千年的书能给人几千年的感悟
哲人说一个人不能两次吊死在同一棵树上
诗人说灵魂穿上河的衣服就能摸到海的肩膀
而我说假如悟不透一本书我不如去乡下喂猪

一本流传一千年的书在我眼前展开
我指尖下有几千年的智慧在流淌……

# 饥饿：睡眠是一种粮食

> 乌鸦是一个后现代，看惯了饥饿与悲哀。
>
> ——作者手记

据说三天不吃饭
心脏会跳得像逃命的野鹿
时间却缓慢如抽搐的蚯蚓
对三天没有吃饭的人
睡眠是一种粮食
水是一种巧克力
一碗粥能让他回到人间。

我早已忘记了饥饿

世上还有不少人饿死
而我却在对食物挑三拣四
很多人连喝的水都缺乏
而我却不满足身边有一条河
我好久没去乡下了
差点忘记了稻谷的模样
忘记了我爷爷是地道的农民

我该戴一朵惭愧的玫瑰

这世界有很多种饥饿

有些人没饭吃也要写诗
有些人没饭吃也要接吻
有人吃饭是为了有力气烧香祈祷
有人吃饭是要塑造钱袋的曲线美
还有人吃腻了不知道该吃什么
只渴望睡觉却始终睡不着

我真的该记住饥饿

进城：饥困交迫的乡下女子

对三天没有吃饭的人
睡眠是一种粮食
水是一种巧克力
一碗粥能让他回到人间。

# 儿时的闹钟

从前那些远走他乡的人
常会带走一抔故乡的泥土
我想带走的是我童年的时光

真正能带走的东西有限
我带走了儿时用过的闹钟
它是我装时间之水的小水缸

把老闹钟的老发条上好
滴滴答答的声音一响起来
我就用齿轮的脚步走回了故乡

那个闹钟让我爱上了收藏
每一次买到一个或新或旧的闹钟
我就觉得又贮藏了很多的时光

我爱在节日给所有的闹钟上发条
旧闹钟和新闹钟在同一时间作响
我的书桌就成了过去和现在的婚床。

# 从背面看露天电影

儿时看露天电影
我爱从银幕的背面看
从正面看的人太多
人堆会影响我的思维

从背面看电影
像在镜子里看世界
左手变成了右手
多数人变成了左撇子
右撇子则成了异类

从背面看电影
失去右手的男孩
变成了失去左手
他的右手恢复了功能
就可以为他母亲干活了

儿时从背面看电影
我的想象是一种祝福——
心碎的姑娘的眼泪会往上流
等泪水全部流回眼眶
她就可以回家看父亲了

如今露天电影已远去

比我的故乡还远十里路
但伤心人的泪水还在往下流
愿他们把一生的泪水一天流尽

《智取威虎山》剧照

问："天王盖地虎！" 答："宝塔镇河妖！"
问："脸红什么？" 答："精神焕发。"
问："怎么又黄啦？" 答："防冷涂的蜡！"
当年我们把这些黑话演练过无数遍，
但今天能记住它们的孩子已属罕见。

# 闭上眼睛想着太阳

闭上眼睛想着太阳

阳光抚摸着我的脸庞
我血管里有光阴在流淌
我双手叉腰就变成了一座茅屋
那个爱游戏的孩子能在里面找到归宿
昨夜他受到了恐龙的攻击
可他从没想过要把枪带进梦里

闭上眼睛想着太阳

你举起的双臂是教堂的尖顶
你的手指能摸到天国的门铃
每一个孤独的好人被你的爱照亮
他的手臂就越过千里搭上了你的肩膀
昨天他憋得像啤酒桶一样
而今天一祝福他就变成了音箱

# 我愿做阳光下憨厚的南瓜

白天我不如一颗葡萄完整
我的头脑被关在某个地方
身体却奔忙在另一个地方
你站在白天和黑夜的拐角
别问我为什么面对夕阳无话可说
请把我想象成一个莽撞的孩子
喉咙里卡着一颗大红枣

白天我没有时间去感受——
记得有个死刑犯的最大爱好
是把纸条当作胡子粘在下巴上
他不再有时间让真正的胡须成长
想象胡须是他最后时刻的享受——
只有在夜晚我才能感受到
呼吸是一种莫大的幸福

夜色是一种芬芳的胶水
能够重新黏合头脑和身体
让我在想象的神龛上成为英雄
你瞧我的头上长出了剑麻
那些星星是我打在天幕的弹孔
你瞧我一口咬掉半块月饼
那就是宇宙边缘的断层

但我注定要告别每一个夜晚
要在每一个早晨嫉妒一颗葡萄
假如白天你不能成为英雄
你是否愿做一个造型完美的水果
而我愿做那阳光下憨厚的南瓜
它外表看上去分成很多瓣
其实里面很完整很圆满

# 我那些如风的爱人将找到归宿

一个又一个鸟窝落下
地上出现了很多的房子
一个女人说："努力写诗吧
挣了钱来这儿买个房子！"
我说："诗歌的稿费不多，
一首诗只能买一个鸟窝！"

我没有钱买一百个房子
没有权利娶一百个女人
好让她们为我生一千个孩子
我只能在诗歌中爱一百只雌鸟
去做她们的丈夫、儿子兼父亲
她们则是我的妻子、女儿兼母亲

我的一首诗飞越屋顶
树上就会多一个鸟窝
为一百个地方各写一首诗
我就在一百个地方有了鸟窝
我那些如风的爱人从此将找到归宿
她们累了就来，想飞就走

少女与鸽子

有些人喜欢鸟儿
是因为它会飞翔；
有些人喜欢鸟儿，
是因为鸟肉有营养。
这两者有天壤之别。

# 她悬浮在离地一米的地方
## ——石头遐想曲之一

好像是一滴雨
从天空缓缓落下来
在离地面一米的地方停住
我仔细分辨才看清
竟是一个洁白的女人体
她悬浮在离地一米的地方
好像生怕被地面弄脏

一阵铃声把我惊醒
我注定要从那梦里落下
落到我的床或办公椅上
地面的确很脏很脏
我真希望能卸下所有的重量
悬浮在离床一米高的地方
也许那一米就是幸福的高度

很多很多年过去了
那滴雨或那个洁白的女人体
不知道又悬浮在谁的梦里
也许她最终落了下来
变成了你手里的那块石头
让我抚摸它一下吧
也许能感觉到梦的温度和湿度

# 像花生壳里的两粒花生一样幸福

香港回归那天我没有写诗
神舟六号凯旋时我没有写诗
而今天，我的兄弟结婚的日子
我却忍不住要写一首诗

其实我今天不写诗照样美好
我只需对遇到的每个好人微笑
让他们分享我的兄弟的幸福
让他们明白微笑就是一首诗

今天我的兄弟和他的妻子
给我和很多人带来了欢乐
而给别人带去欢乐的人就是天使，
至少也是天使的邻居

今天我回忆和兄弟度过的好时光
一切就好像发生在昨天：
兄弟，河边的路我们一起走了多少遍
就像那大米饭吃了多少年也不厌倦

我们在一起无论是否喝了酒
话儿总是多得就像旁边那条河
兄弟，那一次我们喝高了把月亮当作太阳
你送我我送你，我们告别了一整个晚上

今天我最多只需要像平时那样说话
告诉人们结婚是一个人的第二次出生
而今天我的兄弟刚好再一次成为孩子
他有资格获得全世界人民的祝福

从今天起世界有了新的意义
因为我的兄弟和他的妻子住到了一起
他们像花生壳里的两颗花生一样幸福
而他们的幸福又会带给我们更多的欢乐

香港回归那天我没有写诗
神舟六号凯旋时我也没有写诗
而今天，我微微一笑自己就成了一首诗
因为今天是我的兄弟结婚的日子

## 水做的教堂

鱼儿爱仰望河面的水泡
仿佛那是一座水做的教堂

无数的水泡在风中破灭
无数的教堂在仰望中瓦解

没有谁见过鱼儿的眼泪
泪水从来掀不起惊涛骇浪

河上终于漂来一个瓶子
鱼儿找到了一座不倒的教堂

那瓶子不留恋水下的浪漫
她只想永远做她自己的瓶子

鱼儿追逐了 11 个月零 11 天
而那瓶子的速度却丝毫未减

鱼儿希望河中有一道拦河网
能把他和那个亲爱的瓶子拦住

他知道追求是一种自我放逐
有时候活在网中也是一种幸福

# 一种穿着衣服的云

死神把那么多的人
像木柱一样钉在了墓地上
清明节啊让人欲哭无泪
我只愿多抚摸几块墓碑
它们是平等世界的名片
连国王都只有一张

总有人预先订购墓穴
像乡下孩子为了看电影
大中午就在露天摆好了板凳
但总有另一些人要反抗死神
他们的骨灰撒进了江河
鱼儿就成了他们来生的船

我看见一个官员的坟堆
当年他自以为是一把铁锤
能把别人像钉子一样钉上墙壁
而现在他自己被钉在了墓地
我还看见一个平民很开心
一个笑话作了他的墓志铭

这世界连墓地都拥挤
很多人死后都要找邻居
人死之后是不是还会孤独

人要死多少回才能明白
什么样的脊梁能擎起脸庞的旗帜
什么样的墓碑能镇住人生的宣纸

墓地让我学会了透视
我发现有些人看上去像人
其实是一种穿着衣服的云
死神固然把无数的人
钉成了一动不动的木桩
却没法把一朵云钉在大地上

**且把墓碑当靠背**

她坐在一个坟墓前，
吆喝着卖她的红辣椒，
那墓碑像她的座椅的靠背；
我突然觉得她像一个女王，
坐在大地最古老的王座上。

# 一座坟墓坐落在青菜地

一座坟墓坐落在青菜地
我那个当农民的亲戚
随意把一捆柴火扔在上面
不会去想象那坟墓像一个火灶
他要及时去捡散落的稻穗
他要努力让孩子能进城上学
好离开那个叫故乡的地方
为了学费他有时急得吐血

一座坟墓坐落在青菜地
我那个教哲学的亲戚
说后人纪念祖先的最佳方式
便是活得像那些青菜一般新鲜
他说祖先的墓地就是故乡
还说那墓碑是一种牢笼
你和你妻子的名字一刻上碑石
就很难有分开的那一天

一座坟墓坐落在青菜地
我那个作诗人的亲戚
他说他未来的棺材将是一首诗
他要让他的孙子用金属般的嗓音
朗读他的诗歌为他送行
他的骨灰要撒入河中

当儿孙们想念他的时候
就会有一条河从他们心上流过

**菜地里的坟墓**

--座坟墓坐落在青菜地
我那个教哲学的亲戚
说后人纪念祖先的最佳方式
便是活得像那些青菜一般新鲜

# 我们不怕这个冬天

在这个冬天
貌似纯洁的冰使草的直径
赶上了孩子们冻僵的腿
我捐出的 21 件衣物
减少了几个孩子的寒战
却减少不了我的惭愧

在这个冬天
我无法粉碎冰雪的阴谋
偷工减料的电线杆一折断
我的故乡就堕回了
黑暗的古代

在这个冬天
我怀念炎热的夏天
那满天的繁星啊
是天幕上的钉子
曾让我挂起想象的蚊帐
以抵挡蚊子的疯狂

在这个冬天
夏天的记忆是一床厚厚的棉被
愿冰雪中黑暗中的人们盖上它

因为还会有夏天
我们不怕这个冬天

大雪

雪掩盖了很多污秽，
世界因此看上去很美。

# 废墟中孩子的手

2008 年 5 月 12 日
在键盘上打出这个日子
我的指关节里隐藏着一种痛
它使我的手指失去了往日的灵便
使我的手指有变成铁耙的冲动
好去地震的废墟里耙开一些碎瓦片
不到十天我的四万多同胞无辜死亡
不到十天我的二十七万多同胞非残即伤
不到十天我的五百多万同胞无家可归
即使我的眼睛有九层眼皮
也无法遮挡受难同胞的悲苦模样
尤其是废墟中那些孩子的手

一个孩子被水泥板和砖头
囚禁在映秀镇的黑暗中
断砖残瓦掩盖了孩子的性别
从砖头缝隙间伸出的只是一只手
那只小手要充当喉咙召唤人们的救助
要替代肺部感受外面更多的氧气
要充当眼睛看看外面是白天还是黑夜
那只手担负了比平常更多的使命
也许它早就很累很累了
但它始终在砖头缝里举着，举着
直到最后在雨水中变冷，变硬

另一个孩子也分不清男女
那孩子露在汉旺镇废墟上的
只是一只紧握着圆珠笔的左手
大拇指的指甲下已因坏死而发黑
其他四个手指同样是创伤累累
令人震撼又令人难忘的是
手中的那支笔却完好如初
笔的红色在瓦砾中那么醒目
仿佛那支笔是那个孩子的继承人
继承了他所有的血色
地震的魔掌撕裂大地摧毁房屋
却没法从一个孩子手中夺走一支笔
小小的红笔啊，为全人类而红


有一个男孩被水泥板砸断了左臂
他那连着皮肉的血淋淋的断臂
求生的本能使他果断地割舍
他心一横就撕扯掉断臂冲出了废墟
他没有时间考虑少一只手的后果
没有时间跟自己的断臂告别
生物课本说蜥蜴的尾巴丢掉可以再生
而他却永远失去了一只手臂
他的一部分已经永远成了废墟
假如他的妈妈或姐姐能躲过劫难
她们再也没有机会把他的左手托起
告诉他手指上有几个箩几个箕

有一个女孩被从废墟下救起
那要归功于很多双手的共同努力
穿迷彩服的士兵顶开断梁
穿橙色衣的抢险队员锯断钢筋
穿着不一的志愿者用双手刨开瓦砾
多种努力在悲痛的旗帜下合而为一
才让一个花季少女返回了人间
那女孩曾在废墟下用手打着电筒看书。
她说："下面一片漆黑，我怕。
我又冷又饿，只能靠看书缓解心中的害怕！"
那个脸带血污的美丽女孩让我相信
书本是人类的一种精神手指
能够驱散黑暗抚慰心灵

废墟中有那么多孩子的手
我和无数人一样希望时光倒流
回到癞蛤蟆或老鼠提前迁徙的时候
多么希望地震前兆能得到准确解读
那样废墟中就会少很多的孩子
多么希望承载希望的教学楼更结实
好让孩子们多几秒钟逃离死亡
有个学生的前脚已经迈出楼房
后脚却被水泥梁压在死神的门槛上
不知道那个手握圆珠笔的孩子
去不会在天国用他的笔
书写心中的遗憾或怨恨

# 喝葡萄酒的不同方式

## 一

一杯葡萄酒匆匆跌落喉咙的深谷
一头狮子一口就吞掉一只小白兔
我听不到白兔在狮子体内的哀叫
你看不见葡萄酒在食道中形成的瀑布

我们活得多么匆忙多么冷漠啊
一轮夕阳消失在大地的牙齿后面
我和你却常常是视而不见

## 二

其实我们可以活得慢一些
慢下来葡萄酒就成了魔法之水
把杯中的魔水轻轻地旋动
我就能看到日出日落、四季轮回

让那魔水顺着舌头慢慢地润下去吧
慢慢就会有无数嘴唇在你体内把你亲吻
你觉得你就是茫茫黑夜的一盏灯

## 三

终有一天你会拥有自己的一片土地
建议你在自己的园子里种上几株葡萄
把你收获的上等葡萄酿成葡萄酒
天空会用新一天的阳光赞美你的成就

把你所有的葡萄酒送给你所爱的人们
当葡萄酒为他们的脸庞抹上淡淡的胭脂
你便在大地上创造了一群天使

## 四

你没有葡萄园或葡萄酒也没关系
那就在一张白纸上写下"葡萄"二字
然后在后面添加一个"酒"字
这张白纸就成了你的酒窖

请你珍藏好这张芬芳的白纸
终有一天我们会拥有自己的一片土地
这张纸将证明我们在大地上的权利

**半杯葡萄酒**

端起半杯葡萄酒，
从容不迫地品味，
你也许突然会发现——
自己是何等的雍容华贵

# 把我种植到那片黑土里

克林姆先生见到我的大胡子
就想起了圣彼得堡郊外的鸟窝
他要用列宾遗留下来的画笔
画下我作为一个人的模样

他用看种子的目光看我
那张黑色画纸就是他的沃土
他要把我种植到那片黑土里
要让我像野草或树芽一般破土而出

第一次当模特是一件庄严的事情
我要努力坐得像大树一般安详
观众的目光一落到我身上就变成了鸟儿
它们的鸣叫让天空变得很亮

我看不见我自己
我的严肃可能有青铜器的硬度
我的微笑可能有玫瑰花的芳香
也许我能在那片黑土上长成青铜做的玫瑰

黑色的土地啊是生与死的故乡
八匹马儿在田野沉思人类的问题
八大太极高手在水边手推行云流水
而我看不见泥土中的我

克林姆先生的笔是一支魔棒
它挥向哪里哪里就有了光
他让黑暗成为光明的孪生兄弟
正是他们把另一个我从黑土中高高举起

那个在黑暗中沉思的人就是我吗
当年屈原在黑夜穿上河的衣服去看大海
他在黑暗中一皱眉头那条河就凝成了黑土
上面长出了很多叫作诗歌的植物

有观众说先后看到了十多个我
也许一个人真能在黑暗中诞生很多回
有一个我已浸透黑色的泥土味
其他的我从此便不用再为花开花落流泪

## 蚊香小谣曲

蚊香静静燃烧
时间幽雅地拐弯
梦里没有风

　　夜的山坡上
　　一朵玫瑰红又香

灰烬有序地落下
又形成蚊香的模样
黑暗学会鞠躬

　　夜的山坡上
　　一朵玫瑰红又香

# 我的画像只以一片树叶作眼睛

同一棵树的两片相同的树叶
排在一起就成了我的两只眼睛
这样的想象有如一泓山泉
诱惑我变成在水上行走的精灵

终于在网上找到一个同名同姓的人
同名同姓啊，就像你我都叫"中国人"
我给这个同名同姓的兄弟打电话
打到第三次他才接了我陌生的电话

我告诉他我和他有同样的名字
他在那头说："就这个，我忙着呢！"
说完他就啪的一声挂掉了电话
当时我感到自己永远失去了一个兄弟

也许他正在执行领导的指令
也许他正在为如何偿还房贷伤脑筋
或者正在对女友说："我最爱的还是你"
这年月啊，谁有闲心去理会什么同名同姓

其实呢，同名同姓又算什么
"同学"、"同乡"、"同志"又怎么样
我们都有一个共同的名字："中国人"
但我们常常不敢去扶摔倒在地的别的中国人

自那以后我不再相信偶然的相同
自那以后我只爱画一个人侧着的面孔
我的画像只以一片树叶作眼睛
它离另一片叶子不远却永远不相见

一片树叶作眼睛

一只大来一只小，
我的双眼有点怪，
幸好它们没长歪，
只看侧面还不赖。

# 静脉曲张的家族史

一百多年前
我爷爷的爷爷还小的时候
我的先祖们为了逃避迫害
开始从江西迁往湖南
谁也说不清那迁徙的历程
它比我爷爷小腿上的静脉曲张
也许还要多几道弯
二十多年前读爷爷遗留的书
书中的一个秀才让我难忘
我爷爷的爷爷可能正是他那副模样
他因仗义执言被打得伤痕累累
鲜血淋淋 ——

我知道一个人有多少血
人类就有多少流血的悲剧
愿时间母亲用血液的钩针
把历史的伤口缝好
我从前总是很担心
就算医生接好了大血管
那数不清的毛细血管怎么办
而当大夫的同学说
只要把大的血管接好
小血管就会自动地愈合
我仿佛看见血管

像青藤一般蔓生——

我突然明白了
血管是一种爬山虎
人体是一座植物园
我突然明白了
历史是一种壁虎
攀行在人类心灵的断壁上
而一个人明白了
就会获得超凡的能力


我闭上眼睛就回到了古代的婺源
我看见一个源头活水一般的女人
香草就是她的信仰
她的曲线能让一条小狗迷路
也曾让一个巧匠产生过修拱桥的冲动
我还看见一个爱跟药草说话的男人
他的八字胡就像那河边的菖蒲
这个男人就是我爷爷的爷爷
他爱上那个女人的地方
就是我爷爷前世的故乡


如今我爷爷已经在一座山上安息
他年轻时曾在那座山上开荒种玉米
也许他昨天刚转世为一株玉米
将来我会以一条河作为我最后的归宿
不要指望一条河能够安息

我未来的孙子偶尔想起我时
也许会想到那条河甚至会想到海
但愿那时候他血管的藤蔓上
会有喇叭花盛开
因为他爷爷也就是我曾经说过
人体是一座植物园

# 我妈妈丧失了记忆

我妈妈丧失了记忆
她的大脑出了问题
像一个内部有裂纹的瓷器

她想不起我是谁
竟然以待客之礼对待儿子
而有时又把客人们都当成儿子

仿佛没有儿子
又仿佛有无数个儿子
我妈妈有点像世外高人了

她有时把我爸爸当成她爸爸
同时像个姐姐一样关心我
于是我们家变成了另一个家

她总说要回老家照顾她妈妈
她忘了我外婆已经去世很多年
她让我外婆能在未来再去世一次。

我妈妈的大脑像一条鱼
在现在和过去之间游来游去
但未来是一道游不上去的岸

有一天我妈妈在桂林城走失了
我们花了五个小时才把她找回
但我们找不回她迷失的记忆

在榕湖边找妈妈时我发现
蒋翊武烈士的就义处挪了位置
仿佛烈士前后就义了两次

纪念碑的新址在街道另一边
与旧址还隔着一道结实的栅栏
比我妈妈的左脑和右脑相距更远

夕阳下的榕湖美得让人想流泪
不知道我妈妈对湖光山色看过几眼
也不知道烈士就义时有过怎样的留恋

**我妈妈那双已变形的手**

我妈妈是我心中的花神；
为送别街坊上逝去的老人，
她用巧手制作过无数的白花。
如今已轮到她离开世界；
她那双巧手即将枯如竹节，
大地将用满山的鲜花纪念她。

# 泥土中有一面降下一半的旗

那一天太阳照常升起
而他却再也没有照常呼吸

从前他总是住在山顶
从那里说话人们更加相信
在那里把拳头向天空举起
风就是他竖起的一面旗

那一天太阳照常升起
而他只有鼻子还保持挺立

他教会子民唱天堂的歌谣
说星星是他们家后院的葡萄
因为有他住在高高的山上
子民们抬起头就看到了天堂

那一天太阳照常升起
而他已被他自己的声音抛弃

子民们绝不能让他倒下
没有了他天空就没有了朝霞
他们让他入土时保持蹲着的姿势
仿佛他是一面只降下一半的旗帜

那一天太阳照常升起
而他沉静如菜地里的卵石

谁知道在时间长河里
曾有多少高山变成了卵石
又有多少卵石转世成了玉米
一阵风暴也许等于一声叹息

那一天太阳照常升起
而他将蹲在没有阳光的泥土里

也许在那一个世界也需要学习
蹲下来他就学会了仰望泥土中的高山
蹲下来他就学会了观看泥土中的鲜花
蹲下来他就学会了与泥土中的猪平等对话

那一天太阳照常升起
泥土里有一面降下一半的旗

# 夜歌：帐篷与金字塔

该躺下时
你就得躺下
膝盖拱起来
被单成为你的帐篷
把双眼闭上
月亮是你黄河边的新娘

     今日会逝去
     帐篷会倒下
     时间是覆盖万物的沙

该躺下时
你就得躺下
膝盖拱起来
被单是你的金字塔
屏住呼吸
你是尼罗河畔的木乃伊

     明天会来临
     金字塔会倒下
     时间是覆盖万物的沙

# 雨水也在创造历史

## ——熊村组诗

### 草尖上的红蜻蜓

儿时有很多开心的事情
其中之一是在原野上追蜻蜓
如今离家好几百里地
我只能到别人的故乡寻找故乡
在一个叫熊村的村庄
我曾用镜头追逐过一只红蜻蜓

那是一只红玛瑙般的蜻蜓
它在熊村边的小河畔飞飞停停
本来可以轻松地停在水牛的背上
它却偏偏要找小草的尖顶
尝试了很多次都无法站稳
但是它屡败屡战不放弃

半个小时后才如愿以偿
它终于停在了小草的尖顶上
这让我想起基督教的故事
想起那些能站在针尖上的天使
但我至今都没有想明白——
蜻蜓为什么一定要站到草尖上

## 流水开花

在一个叫熊村的村庄
我见过两个戏水的小姑娘
一个穿黄衣另一个是红衣裳
一个让我想到初夏的枇杷
另一个则是深秋的草莓

电视新闻不会报道
在一个叫熊村的村庄
有两个小姑娘让流水开花
而在流水开花的地方
你需要学会用眼睛说话

熊村其实并没有熊
我在那里犯的最大错误
就是把相机当成了猎枪
我的镜头一瞄准那两个小姑娘
她们就丧失了让流水开花的本领

镜头让她们一瞬间就长大了
她们一会儿做 V 字形手势
一会儿又用心形表示爱心
甚至还像明星那样搔首弄姿
但是我更愿她们像熊那样吼一声

狗都不叫的地方

水从门前流过
石板跨越水上
老人在门前抽旱烟
人不说话
狗也懒得叫

这样的情景
让你想起什么呢
假如我说这就是
"小桥流水人家"
你会不会哑然失笑

在熊村的老街
留守的主要是老人
中青年大多已经离去
水泥正在覆盖古道
老街上没有瘦马有瘦狗

我从熊村老街走过
墙上的青苔有如命令
告诉我只用眼睛说话
在一个狗都不叫的地方
我有义务保持静穆

## 老门槛

留守老人逝去之后
百年老屋会很快消亡
屋里没人就像人没有灵魂
无人居住的房子会很快烂掉
那些老木头会进入火灶
最后用火舌跟世界告别

在所有的老木头中
我最关注的是老门槛
它地位最低受的践踏最多
但可能给人的启迪也最多
我至今怀念老家的老门槛
只可惜它已经被烧掉了

儿时我常把门槛当作工作台
在上面使用柴刀、锯子和锉子
自己动手做手枪、弹弓或高跷
是我爷爷教会了我做手工
我至今怀念他额头上的皱纹
只可惜他已经安息很多年

你无法留住一条皱纹
但你至少可以留住一道老门槛

## 老标语

在熊村的老街上
住的主要是少数老人
年轻人大多已经离去
他们要在新的地方变老

老街上有很多老标语
有"为人民服务"
也有"要斗私批修"
有"毫不利己，专门利人"
也有"将革命进行到底"
有"毛主席万岁万万岁"
也有"谁是我们的敌人，
谁是我们的朋友，
这个问题是革命的首要问题"
还有"人民，只有人民，
才是创造历史的真正动力"

那些红色的标语
连同毛主席的画像
已被雨水侵蚀得斑斑驳驳
那种斑驳让我相信
雨水也在创造历史

老标语（"文革"遗迹）

墙上的标语原色是红色，
下方的"堂"字是黑色，
它们都在风雨侵蚀下日渐模糊。

# 她当着儿女的面点燃了自己

有个人偷偷砍倒一棵树。
一个鸟窝毁了，
鸟儿们哀鸣着飞走了，
它们没有在天空留下痕迹。

有群人公然强拆一座房。
一个家就要毁了，
女主人抗议，咒骂，
但抵死不愿像鸟儿那样飞走。

正如很多罪恶发生在白天，
房子是在正午被拆的；
当时那女主人精神出现了错乱，
相信正午其实就是子夜。

她愤怒到想杀人，
但是她只有能力杀自己；
在一面招展的红旗下，
她当着儿女的面点燃了自己。

她卑微如祭坛的蜡烛。
一支小小的蜡烛，
或许能照亮夜晚的黑暗，
对白天的黑暗却无能为力。

人们见过她用汽油自焚，
但多数人已忘记她的姓名；
那团火从人们脑际一掠而逝，
如那些鸟没有在天空留下痕迹。

# 翻译诗选

# 诙谐的诗

## 美国诗歌

## 寓　言

拉尔夫·沃尔多·爱默生 [①]

高山和松鼠，
进行过一次争吵，
高山说松鼠是渺小的冒牌货。
松鼠先生回答说：
　"你的确是高大无比，
不过大千世界来自毫末，
阴晴雪雨构成四季，
我虽然身处卑微，
却并不感到惭愧。
如果说我没有你高大，
那么你也不如我小巧，
更别提活泼和灵敏。
我并不苛求你

---

① 拉尔夫·沃尔多·爱默生（Ralph Waldo Emerson，1803—1882），
美国思想家、文学家、诗人，以倡导超验主义哲学闻名，是确立美
国文化精神的代表人物。美国前总统林肯曾称他为"美国文明之
父"。

走出松鼠漂亮的足迹。
天赋各异，上天的安排很英明，
我不能像你把大片森林背起，
你也不能像我把小小的核桃咬碎。"

1846 年

# 我是无名之辈

艾米莉·狄金森 [1]

我是无名之辈，你呢？
你也是无名之辈？
那我俩可以彼此为伍。
别声张——你懂的，他们嫉妒。

成为名人多乏味呀
多招摇啊——就像青蛙——
整个六月都在嚷嚷，
自我标榜以获得泥塘的敬仰

---

[1] 艾米莉·狄金森（Emily Dickinson，1830—1886），美国女诗人，
她的诗富于奇特的想象，诗句跳跃性很强，颇具后世所谓意识流色
彩。狄金森是一个内省式的诗人，一生的活动范围不出百里，她主
要靠阅读与冥想写作。狄金森的成就告诉我们，现实主义不是艺术
唯一的出路。

# 别哭呀，女郎，战争是仁慈的

斯蒂芬·克瑞恩 [1]

别哭呀，女郎，战争是仁慈的。
你的心上人把狂野的双手掷向天空，
让受惊的战马独自狂奔。
别哭呀。
战争是仁慈的。

军团的战鼓嘶哑地狂吼，
年轻的灵魂渴望着战斗，
这些男人为训练和死亡来到世上。
不可言传的荣誉在他们头顶飞翔，
瞧那战神多伟大呀，还有他的王国——
沙场，有一千具死尸躺在地上。

别哭呀，宝贝，战争是仁慈的。
你的爸爸跌倒在黄色的战壕，
他怒火中烧，气喘吁吁至死亡。
别哭呀。
战争是仁慈的。

军团的战旗火焰般地飘扬

---

[1] 斯蒂芬·克瑞恩（Stephen Crane，1871—1900），美国诗人，他排斥浪漫的理想主义，要用诗表现他眼中的人生真相，因此他的诗歌异常冷峻，有某种黑色韵味。本诗是其著名的反战诗歌。

战神之鹰头饰殷红与金黄，
这些男人为训练和死亡来到世上。
向他们指出屠宰的功德无量吧，
让他们看清杀人的无上荣光，
还有那沙场，一千具死尸躺在地上。

母亲啊，你的心谦卑如一颗纽扣，
缀在你儿子富丽堂皇的尸布上。
别哭呀。
战争是仁慈的。

1899 年

战争记忆

流血的战争或许正日益减少，
看不见血的战争却时刻在发生，
这世界何时才会有和平与安宁？

# 愤怒的神

斯蒂芬·克瑞恩

一个愤怒的神
在殴打一个人；
打得猛烈无比，
出手如同霹雳，
打击声响彻大地。
所有人跑来观看，
见那人搏斗又尖叫，
还猛咬神的双脚。
人们齐声叫道：
"啊，多邪恶的人！"
并且赞叹——
"啊，多威猛的神！"

# 假如我今晚死去

本·金[①]

假如我今晚死去，
你该来向我的僵尸告别，
愁眉苦脸，哭哭啼啼。
假如我今晚死去，
你该沉痛地来向我告别，
并说："这是我欠的那十块钱。"
戴白色大领带的我会被惊醒，
并说："这是怎么回事情？"

假如我今晚死去，
你该到我的僵尸旁跪拜，
紧抓住灵柩表达你的悲哀。
哦，假如我今晚死去，
你该来向我告别，不论时间地点。
只需向我暗示你已还清那十块钱，
我就会马上被惊醒，
但随后又会倒下，重新死去。

---

① 本·金（Ben King,1857—1894），全名本杰明·富兰克林·金，美
国诗人。

# 希尔斯特的日记

佚名 [①]

希尔斯特写了一本日记，
记的全是显示他智慧的事迹，
因此他死后天使擦去了自己做的记录，
并说："我将根据你的日记评判你。"
希尔斯特说："感谢万分，
它将证明我是头号大圣人。"
说完他从尸衣里掏出那本日记，
表情是那么自豪、那么得意。
天使慢慢地把日记翻看，
里面的陈词滥调让他难堪，
肤浅的情感混杂偷来的妙语，
让他啼笑皆非，好生无趣。
天使严肃地合上日记递给原主，
说："朋友啊，你已经误入歧途。
在坟墓这儿你永远得不到满足——
因为天堂容不下堂皇的字眼，
地狱也没有开玩笑的空间。"
说完天使又把希尔斯特踢回了人间。

---

① 本诗选自美国作家安布罗斯·比尔斯（1842—1914）的幽默名著《魔
　鬼辞典》，原书没有注明作者，有可能是比尔斯本人，也可能是其
　他佚名作者。

# 过去的好时光

韦纳伯尔·斯特里格[1]

我年轻时世界多美丽，
风景宜人，阳光满地，
空气芬芳而透明，
江河流的是蜂蜜。
笑话是真正有趣的笑话；
政治家们说话真算话，
行动和言词一样诚实；
每条新闻都真实有据，
你不用提防流言和蜚语。
男人们从不唇枪舌剑去伤人，
女人们也从不爱高谈与阔论。

那时候的夏季真的是长，
整个季节都有明媚的阳光。
那时的冬季也叫人欢喜，
一听到大自然的召唤，
豌豆就从冻土里把头昂起。
现在的岁月到底怎么回事？
新的一年刚刚开始，
转眼已经到了年底，

---

① 韦纳伯尔·斯特里格 (Venable Strigg)，此人身份无法考证，可能是
美国人。本诗选自美国作家安布罗斯·比尔斯的幽默名著《魔鬼辞
典》，标题为译者所加。

这样的一年实在是见鬼。
我年轻时的时光才美好，
一月接一月地过，不忙也不慌。

不知道为什么世界变了样，
变得这般黑暗而无聊。
不知道生活在搞啥名堂，
总使人慵倦而心慌。
我估计气象员更难受，
他没法不成天忙碌受折磨，
因为连空气都已变了样。
不洁的空气令你窒息，
纯净的空气带给你残疾。
关窗时你气喘吁吁好沉重，
开窗时你浑身上下神经痛。

啊，这样一种新生活，
无异于退化与堕落。
我猜有人可能更明事理，
能看透那层邪恶的外衣，
说不定有所失是某种福气，
其中隐藏着更大的补偿，
只不过它披着厚厚的伪装，
寻常人无力洞察其奥秘，
而在天使们眼里它一目了然。
天啊，假如老年是一个好朋友，
装扮它的一定是魔术大师的手！

# 你必须投票

阿帕尔顿·杜克 [1]

在世界还很年轻的那个时候，
全新的人类只有开心没忧愁；
造物主从没有把人分成三六九等，
那时候农民与国王和牧师都平等。
如今的世界和那时候已大不相同，
虽然这个共和国似乎还尚存古风：
因为在这里每一个人都是国王，
尽管有些人没有御寒的衣裳，
尽管有些人饥肠辘辘饿得慌，
但的确每个人都享有投票的权利，
有权接受他的党派选择的暴君。

有一个公民不行使投票的权利，
因此他遭到所有人的唾弃，
爱国者们为表达对他的憎恶，
罚他穿上柏油和羽毛的外衣 [2]。
人们大声喊道："你必须投票，
选出你认为最合适的人物，
这是你的权利，也是你的义务。"

---

① 阿帕尔顿·杜克 (Apperton Duke)，此人身份无法考证，可能是美国
人。本诗选自美国作家安布罗斯·比尔斯的幽默名著《魔鬼辞典》，
标题为译者所加。
② 在罪人的裸体上涂柏油并在柏油上插羽毛，然后押着罪人游街示众，
这是古代流行于西方的一种处罚女巫等的刑罚。

那位公民谦逊地鞠躬致歉，
然后为自己的邪恶行为开脱：
"亲爱的同胞啊，我巴不得能行使权利，
只可惜最合适的人从来竞选都缺席。"

# 活着没有意义

汉·索帕尔①

"活着没意义，
这是一条真理。"
豆蔻年华的年轻人
轻易地下了结论。

到了而立之年，
他还是同样的观点。
直至白发苍苍，
观点还和从前一样。

八十三岁时被公驴踢伤，
他却哇哇大叫：
"快去找大夫来治伤！"
想来实在很好笑。

---

① 汉·索帕尔（Han Soper），此人身份无法考证，可能是美国人。本
诗选自美国作家安布罗斯·比尔斯的幽默名著《魔鬼辞典》，标题
为译者所加。

# 修道院院长

夏拉萨斯卡·杰普 [1]

有一天死神骑马外出巡游，
在卡迈尔山区一带走了走，
路上遇见一个修道士在行乞；
那修道士大概有七八分的醉意，
脸带神圣的傲慢和虔诚的笑，
肥胖、邋遢并像罪孽一般招摇，
他伸出双手大声地叫道：
"以慈悲女神的名义行行好，
以教会的名义，行行好吧，
让她神圣的儿子们活下去啊！"
死神立即做出了回答，
并意味深长地露出了微笑：
"好吧，神父，我让你来骑骑马。"

说完他就带着他的投枪，
跃下那苍白的名马跳到地上，
他浑身的骨头格格作响；
他抓起修道士的脖子和脚掌，
一丢就让那家伙跨到了马上，
脸庞朝着马屁股的方向。

---

① 夏拉萨斯卡·杰普 (Gassalasca Jape)，此人为一名神父，生平情况不详。
美国作家比尔斯对他非常推崇，在《魔鬼辞典》里引用了他的很多
诗文。标题为译者所加。

阴间之王顿时大声笑了起来，
声音就像砸在棺材板上的土块：
　"哈，常言说，马儿驮个乞丐，
哈哈，正好朝着地狱奔来！"
　"啪！"投枪打在马的屁股上，
马儿一溜烟似的奔向前方。

它跑啊跑啊，飞快地奔驰，
路边的一切则向后面飞逝，
岩石、羊群和树木都在加速，
它们混为一体，越来越模糊，
马背上的修道士惊魂不定，
大大地睁开了他的眼睛——
那双眼睛就像两个黑草莓饼。

死神再一次大笑，笑得真开心！
那场景实在令人忍俊不禁，
就好比一次葬礼乱了套，
使得坟墓都忍不住要大笑——
因为那尸体自己把头抬起，
对为它举行的悼念表示抗议，
搞得追悼者们苦心化成白费力。

从这些事情发生的时候起，
很多很多的岁月已经逝去。
那修道士已变成蒙尘的尸体，

死神也没有要回他的坐骑，
因为修道士死死抓住马的尾巴，
把它骑到了修道院的院子里。
后来马儿住进了那里的马厩，
被喂了大麦、面包和黄油，
长得比最胖的修道士更肥胖，
最后它及时获选当了修道院院长。

# 乞 丐
艾特卡·密普 [①]

爸爸，那是谁呀？

　　　　孩子，那是一个乞丐。
他好憔悴，不友善，性子野，脾气坏！
你瞧他在牢里，眼睛里好像火在烧！
乞丐公民的一切要多糟就有多糟。

爸爸，为什么他们把他关进牢里？

因为他听命于他的肚皮，
竟然敢去触犯法律和法规。

他的肚皮？

　　　　啊，是的，孩子，他饿得受不了——
毫无疑问，挨饿是一种煎熬。
他已经有好多天没有吃面包，
他喊个不停的除了"面包！"还是"面包！"

　　　　为什么不吃馅饼呢？

---

① 艾特卡·密普（Atka Mip），身份不详，可能是美国人。本诗歌被
　选入美国作家安布罗斯·比尔斯的幽默经典《魔鬼辞典》，标题为
　译者所加。

连衣服都没几件，他没啥可以卖几个钱；
而乞讨不合法——再说那也不体面。

为什么他不去工作呢？

   他本来可以去工作，
可人们都冲着他说："滚蛋！"
国家也同样吼着把门关。
这些小事不值一提，我只想告诉你，
他的报复其实小得可怜，不值一提。
复仇，就算再好，也是野蛮人的做法，
更何况是为了鸡毛蒜皮——

   告诉我那家伙做了什么？

他偷了两块面包充饥，
他饿得肚皮贴着了背脊。

就这些吗，亲爱的爸爸？

   是的，就这么简单；
他们把他关进了牢房，以后还会这样——
牢里的好处可超出我们的想象，
那里有——

有面包给穷人，对吗，亲爱的爸爸?

嗯——有烤面包片吧。

乞丐

一两个硬币，
对你来说可能微不足道，
但对一个饥饿的人，
却可能意味着人间的美好。

# 见　鬼

杰拉德·麦克菲斯特尔 [①]

可怕，他看见一个鬼！
那该死的秽物实在可恶，
正在前面挡住他的路。
他要逃走却来不及转身，
脚下莫名其妙发生了地震；
　　搞鬼的准是那个鬼。


他在地上摔得很沉重，
那鬼却还在那里一动不动。
晕乎乎的眼前直冒金星，
他猛烈地把眼睛揉个不停，
最后他才弄清到底怎么回事，
　　那不是鬼，是一根柱子。

---

①杰拉德·麦克菲斯特尔（Jared Macphester），身份不详，可能是美国人。
　本诗歌被选入美国作家安布罗斯·比尔斯的幽默经典《魔鬼辞典》，
　标题为译者所加。

# 致我宠爱的乌龟

安巴特·德拉索 [1]

我的朋友，你一点也不优雅，
走路摇晃、笨拙，简直像在爬。

你一点也不美，脑袋像蛇头，
缩进伸出，实在有几分丑陋。

睡觉时你把四肢缩进壳里，
你们那模样真会使天使们哭泣。

是的，你不美丽，但是我相信，
你的硬壳给了你坚强的个性。

你具有巨人的筋骨和韧性，
坚强与力量是伟人善用的德行。

不过（原谅我提这点），你没有灵魂，
（但愿伟人们都不缺少灵魂。）

也正是由于这点，老实对你说，
我真希望我变成你，你变成我。

---

[1] 安巴特·德拉索（Ambat Delaso），身份不详，可能是美国人。本诗
被选入美国作家安布罗斯·比尔斯的幽默经典《魔鬼辞典》，标题
为译者所加。

也许将来某一天人类全部毁灭，
你的子孙会重建一个更好的世界。

由于灵魂的诞生与成长，
你的后代将成为地球的君王。

因此我要向你这至尊爬虫表示敬意。
祝贺你注定要拥有和更新大地。

可能性之父啊，请屈尊光临，
接受人类垂死的王朝的崇敬！

在未知的遥远的地方，
我梦见乌龟坐在每个王位上。

我看见一个皇帝对法律充满惶恐
被吓得把脑袋缩进了自己的壳中。

一个国王身上的脂肪自然不少，
但他还有别的东西值得称道。

一个总统历来从善如流，
不会对提出异议的家伙记仇——

不会向武装或非武装的乌龟开炮
（其实他这样做也是徒劳）；

臣民和公民都认为没有必要
让心儿马不停蹄地四处乱跑；

于是生活爬行如龟，充满沉思默想，
在教堂和政府，人们都说："有的是时光！"

啊，乌龟，这梦境多么美好，
乌龟一般的政体是多么奇妙！

愿你能从伊甸园里赶走亚当，
慢悠悠地实现那梦中的理想

# 关税与魔鬼

伊达姆·史密斯 [①]

人类灵魂的敌人坐在那里，
在为煤炭的花费痛苦不已 [②]，
因为地狱最近已经被兼并，
成了南方有独立主权的州之一。

他抱怨说："实在是糟糕，
我再不能获得免费的燃料。
关税，既不明智也不正当，
迫使我不得不精打细算——
致使我的烧烤器有时烧有时停，
可恶地不能得到正常运行。
它们拿什么烧呢？——我发愁，
盘算着让它们的寒碜有个尽头，
可我没有财力把它们全部打点。
这关税甚至迫使魔鬼去行骗！
我已破产，对我那可怜的生意，
所有的无赖侵害起来多随意：
新闻媒体就在我鼻子底下发威，
它们更猛烈的硫黄味令我惭愧；

---

① 伊达姆·史密斯（Edam Smith），美国人，生平情况难以考证。本
　诗选自美国作家安布罗斯·比尔斯的《魔鬼辞典》，标题为译者所加。
② 据基督教信仰，作恶多端的罪人注定下地狱，在那里他们将饱受煤
　与硫黄之火的烧烤。

酒吧别出心裁的做法太高明，
远远超过我自圆谎言的本领；
医生们则使用我的那些个药剂，
要和我一决高低（尽管徒劳无益），
企图夺走名正言顺属于我的猎物，
并让自己的猎物健健康康把钱付；
传教士以实例教导我所宣扬的东西，
尽管他们自己不屑于身体力行；
政治家们也模仿我，大肆承诺，
许下的诺言比他们能毁弃的更多。
我对诸如此类的竞争高声抗议，
但他们对我的呐喊毫不在意。
所有人都忽视我正当的抱怨，
因此我将改行当圣人！靠欺骗！"

不料所有共和党人都是圣人，
他们无法容忍他的竞争，
立即开始对他轮番进行攻击；
过去怎么说还有个魔鬼啊！
他们与他面对面地激烈较量，
论争中无处不是剑影与刀光。
后来民主党人也耐不住孤寂，
也希望在论战中占一席之地。
于是，匆匆忙忙，为避免邪恶，
死对头共和党与民主党握手言和。
但由于关税的神圣不可侵犯性，
对它哪怕稍作减免都是一种罪行，

因此两党最终达成了共识，
决定对那大胆的抗议者变通对待：
凡是有灵魂堕入运营困难的地狱里，
就给地狱的主人一笔补贴作为奖励。

# 玫瑰家族

罗伯特·弗罗斯特 [①]

玫瑰是玫瑰

并且一向是玫瑰。

但根据当今的理论，

苹果也是玫瑰，

梨子也是玫瑰

大概李子也是 [②]。

只有老天知道，

还有什么是玫瑰。

当然，你是一朵玫瑰，

并且向来是一朵玫瑰。

---

# 火与冰 ①

罗伯特·弗罗斯特

有人说世界将毁于火，
有人说毁于冰。
凭我对欲望的了解，
我赞成火将毁灭世界。
但假如要毁灭两回，
我自认为已把仇恨看透，
我要说冰也同样足够，
其毁灭性巨大，
丝毫不差。

1920 年

---

① 除了田园的一面，弗罗斯特还有冷峻的一面，本诗借火与冰这两个
矛盾体，以冷幽默方式揭示了人生的某种悲剧性。弗罗斯特的很多
话都很有意思，比如他曾说："银行是这样一个地方：那里的人在
晴天把伞借给你，到雨天却把它收回去。"

# 敬 礼

埃兹拉·庞德①

我曾见渔夫们在阳光下野餐，
带着他们邋遢的全家，
我看见他们粗野地嬉笑，
露出满口的大牙。
噢，沾沾自喜怨天尤人的一代！
我比你们都要幸福，
他们比我又更快乐；
而鱼儿在水中悠游，
连件衣服都没有。

1913 年，1916 年

---

① 埃兹拉·庞德（Ezra Pound,1885—1972），美国诗人，意象派的代
　表人物，西方现代派诗歌运动的领军人物之一。他曾帮乔伊斯出版
　《尤利西斯》，替 T.S. 艾略特修改《荒原》，帮海明威出版了第一
　部作品，还从中国古诗和日本俳句中悟出新的诗歌理论。

# 假如你吃不下饭

E.E. 肯明斯 [①]

假如吃不下饭，你就去

抽烟，可我们没有
烟草。来吧，孩子，

我们还是去睡觉。
假如不能抽烟，你就去

唱歌，可我们没有什么

可唱。来吧，孩子，
我们还是去睡觉。

假如无歌可唱，那就去
　死吧，可我们连死

都做不到。来吧，孩子，

我们还是去睡觉。

---

① E.E. 肯明斯（E.E.Cummings,1894—1962），美国诗人，其诗形式上
较怪异，常突破传统，用古怪的词或句子，拼写也很不规范。在内
容上，肯明斯排斥科学技术，他说："唯有砸烂机器，人类才能成
其为人。"

假如连死都没法，那就去

做梦，可我们没什么梦
可做（来吧，孩子，我们
还是去睡觉。）

# 是的，人民（节选）

卡尔·桑德堡 [①]

从搬运、拖曳、等待、遗失和大笑之中人民学到
　　的东西
进入书卷、日历和打开或合上的记事本，而音乐
　　在四周回荡，那么沉重：
故事仍在继续，发生，遗忘后再发生，走出去又
　　折回来面对自己，穿上伪装又把它们扔掉。
　"是的，是的，讲下去，讲下去，我正在听着呢。"
你在某个门口听见这样的声音。
在另一个门洞你却听见："噢，赶快闭嘴，收起
　　你那套把戏，看管好你的舌头，你真是多嘴舌。"
人民，是的，人民，
他们进入博物馆、水族馆、天文馆、动物园，他
　　们成千上万地去这些地方，离开时谈论着木乃
　　伊、骆驼、鱼和星星。
警察和警官把他们分为守法人和违法者。
指纹专家发誓说他们中没有哪两个人的指纹完全
　　一样。
笔迹专家发誓说他们中没有谁能两次用完全相同

---

① 卡尔·桑德堡 (Carl Sandburg,1878—1967)，美国诗人，其诗歌继承惠
　特曼开创的平民传统，其代表作有诗集《芝加哥诗抄》（1916）和《是
　的，人民》（1936）等。本诗选自《是的，人民》。在桑德堡眼里，
　人民是弱者、英雄、小丑、智者等众多角色的混合体。《是的，人民》
　是一首镶嵌画式的长诗，在其中我们可以领略很多民间故事、民间
　幽默和民间智慧。

的笔迹写下自己的名字。

对于杂货商和银行家他们是顾客、存款人和投资
　　者。

政治家把他们看作投票人，报纸编辑把他们当作
　　读者，投机商人把他们看成容易上当的傻瓜。

牧师说他们中每一个都是受全能的上帝看护的不
　　朽灵魂。


　　在一个古老的法国小镇
　　镇长命令民众
　　在他们门前悬挂灯笼
　　民众都照办了
　　但灯笼没发出亮光
　　因此镇长命令说他们必须
　　在灯笼里放进蜡烛
　　民众又照做了
　　可灯笼里的蜡烛还是没有亮光
　　因此镇长又命令说
　　他们必须把灯笼里的蜡烛点亮
　　民众又照办了
　　灯笼这才真的有了亮光。


　　"中士，假如一个二等兵骂你他妈是个傻
　　　瓜，那你怎么办？"
　　"我把他关进班房。"
　　"如果他只是心想你他妈是个傻瓜而不说
　　　出来，那又怎么样？"

"那也就算了呗。"
"那好，咱俩就这么了啦。"


白人在沙地上画了一个小圆圈
并告诉印第安人说："这就是印第安人
　　知道的一切，"
然后环绕小圈画了一个更大的圆圈并
　　说，"这就是白人知道的一切。"
印第安人拿起棍子画出一更大的圆围住
　　两个圆圈，
　　说："这就是白人和印第安人都一无所
　　知的一切。"


在从纳加多彻斯到奥斯丁的尘土飞扬的漫长
　　道路上，
一个拓荒者驾着一辆牛车，
遇到一个大腹便便的人，他乘着一辆
由一队膘肥黑亮的马拉着的轻便马车。
　　"我是山姆·哈斯顿，德克萨斯的州长，
　　我命令你为我让路。"
　　"我是一个美国公民，德克萨斯的纳税
　　　人，
　　我有同样的权利走在这路上。"
　　"多么聪明的回答，我向你致敬，我要
　　　为你让路。"


"你想成为什么样的人呢？"

T.R. 问道。

布鲁尔回答说："仅仅

想成为一条蚯蚓，

翻动我周围的一点点泥土。"

"伟大的人们从来不能感觉伟大，"

中国人说，

"渺小的人们从来不自觉渺小。"

人民的画像

"人民"是谁呢？
很多人对此真不明白，
难怪这个词常常被滥用。

## 英国诗歌


## 跳　蚤

约翰·但恩 [①]


瞧这只跳蚤，瞧瞧它体内就会知道，
你拒绝我的那点东西多么微不足道；
它先是叮咬我，然后又叮咬了你，
我们俩的血就在这跳蚤里混为一体。
你知道的，这不能说是一项罪孽，
也不是什么耻辱，或者丧失贞节；
这只跳蚤没有求婚便开始享受，
腹中饱胀了两人的血混合的血浆，
而这，啊！比我们要做的更有分量。


就这样待着吧，一只跳蚤里活着三条命，
我们在其中多好，是呀，简直胜过婚姻。
这只跳蚤就是你和我，它肚子里面
便是我们的婚床，我们的婚姻的神殿。
尽管父母作梗，你也扭捏，我们照样配对，
双双幽居在这些如墨玉的活生生的墙壁内。
尽管习惯让你总是想把我捏死，

---

[①] 约翰·但恩（John Donne，1572—1631），英国 17 世纪玄学派诗人，
诗风奇异甚至怪诞，想象力超凡，思想情感复杂，曾长期得不到认可，
后被 T.S. 艾略特"发现"和极力推崇，逐渐被视为一代宗师。

但不要在这之外再加上自我毁灭
和亵渎神灵，杀三条命有三重罪孽。

残忍而突然，你是否从此至终
要用无辜的鲜血把你的指甲染红？
这只跳蚤到底有什么负疚于你，
除了从你身上吸走了那么一小滴？
而你得意无比，并且说你发现
你自己和我都没有虚弱一点点。
的确如此，那就要明白恐惧实属多余；
你委身于我之际，荣誉损耗无几，
正如捏死这只跳蚤没有消耗你多少力气。

# 一棵毒树

威廉·布莱克 [①]

我曾对朋友感到愤怒：
我说出来，愤怒就已结束。
我曾对仇敌感到气愤：
我闷在心里，愤怒却已扎根。

进而我会惶恐不安，
日夜用眼泪把它浇灌；
我用微笑把它照耀，
用尽温情欺诈的花招。

于是它夜以继日地成长，
直到枝头有一个苹果闪亮；
我的仇人目睹它的闪烁，
他知道那正是我的成果。

趁夜幕把极地遮蔽，
他偷偷溜进我的园子里：
早上我一看真是乐哈哈，
我的仇敌已经横躺在树下。

---

① 威廉·布莱克（William Blake，1757—1827），诗人，版画家，英
国历史上最重要的大诗人之一，诗歌代表作有诗集《天真之歌》《经
验之歌》等。他是虔诚的基督徒，作品有神秘主义色彩，同时富于
批判精神。他的版画在世界艺术史上也享有崇高声誉。

# 扫烟囱的孩子

威廉·布莱克

一个穿黑衣的小家伙走在雪中，
用凄惨的声音吆喝："扫烟囱！扫烟囱！"
"你的爸妈在哪里，干吗要你来操劳？"
"他们俩都去了教堂，上那里去祈祷。

"由于我曾经在野外活蹦乱跳，
"也曾经在冬天的雪地里微笑，
"他们就让我穿上这死亡色的衣裳，
"还教我用那凄惨的声音歌唱。

"而由于我还能照常歌唱和跳舞，
"他们就觉得根本没有伤害我，
"于是就去赞美上帝、僧侣和国王。"
"他们的天堂就建在我们的悲惨上。"

1794 年

# 安魂曲

罗伯特·L.史蒂文森①

辽阔无垠的星空下，
掘一个墓穴作我家。
活得快乐死亦惬意，
一份遗嘱伴我躺下。

以下诗句请刻石板：
　"此处归宿他已久盼；
山中的猎人已回家，
海洋的水手上了岸。"

---

① 罗伯特·L.史蒂文森 (Robert Louis Stevenson，1850—1894)，英国小
说家、诗人，代表作有长篇小说《金银岛》《化身博士》《诱拐》等。

# 少年维特的悲哀

威廉· M. 萨克雷 [①]

维特爱绿蒂爱得要发疯，
无限情话只能暗暗埋心中；
他们最初的相遇你是否知道？
　　当时绿蒂在切割黄油和面包。

绿蒂是一个已婚的淑女，
维特是一个讲道德的儿郎，
给他印度的全部黄金和美玉，
　　他都不愿让绿蒂痛苦和悲伤。

他含情含怨日见憔悴，
爱火中烧，如痴如醉，
最后他傻傻地一枪打出脑髓，
　　避免了再为爱情把心儿揉碎。

绿蒂看见维特躺在门板上，
像所有的绅士一样神态端庄，
她当时的心情不说你也知道，
　　后来她又继续切割黄油和面包。

---

[①] 威廉·M. 萨克雷（William M. Thackeray，1811—1863），英国小说
家，维多利亚时代的代表性小说家，因《名利场》与狄更斯齐名。

# 牧师的马儿咬主人

佚名

马儿竟把主人咬，
此事说来有蹊跷。
只因听见恩主叫：
　"一切肉体皆青草！"①

---

① "一切肉体皆青草"，语出《圣经》之《旧约全书》。

# 猫头鹰和小猫咪

*爱德华·李尔* [1]

猫头鹰和猫咪游海洋，
豌豆绿的小船真漂亮。
带了些蜂蜜，还带了很多钱，
用五镑的纸币包着多欢畅。
猫头鹰抬头看星光，
抱一把小吉他高声唱：
"啊，猫咪，猫咪，小猫咪，
你看起来多美丽，
多美丽呀
多美丽！"

猫咪接着夸猫头鹰：
"啊，你的歌喉多甜蜜！
别再拖延了，我们把婚完。
只不知什么戒指最好玩？"
一年零一天的航行转眼过，
到达的陆地树成荫。
树林里站着只小猪猡，

---

[1] 爱德华·李尔（Edward Lear，1812—1888），英国幽默作家，画家。作为作家，他以谐趣诗著称，如《谐趣诗集》《猫头鹰和小猫咪》等，并且其书中的漫画都是他自己画的。作为画家，他有三册《鹦鹉图像》彩画册传世，此外他还出版过7本配插图的旅行记，如《一个风景画家在希腊和阿尔巴尼亚的旅行日记》。

他鼻端的戒指①真迷人，

    真迷人呀

    真迷人。


"给你一先令，亲爱的小猪猡，

愿不愿把戒指卖给我？"

小猪很乐意，交易就做成。

有情成眷属，山上的火鸡是证人。

婚宴有剁肉，还有榅桲片。

有喜精神爽，餐叉乐得欢。

他们手挽手，来到沙滩上，

即兴跳起舞，趁着好月光，

    好月光呀

    好月光！

---

① "鼻端的戒指"指的是猪的拱嘴前端的圆环肉突。此处作者玩了个
文字游戏，原文里的 ring 既有"圆环、圆圈"之意，又有"戒指"
之意。

## 面包师行会会长托马斯·透纳的墓志铭

佚名

坟墓像面包师的大烤箱，
虔诚的人们就在里面躺。
在那里他们每一天都向往：
某一天会被唤醒而上天堂。
受上帝荫庇死掉也美妙：
虽然像面团一样进去，
终有一天会出来，像面包。

## 没了牙齿的希丽娅

佚名

希丽娅没了牙齿；
但年轻的时候，
她牙齿可是很多，
还有很多舌头。
如今她没了牙齿，
对此我能说什么？
舌头把牙齿磨掉了，
对此我能说什么？

# 秋

T.E. 休姆 <sup>①</sup>

秋夜一丝寒意——
我在田野里漫步，
但见红月亮俯身在树篱，
犹如一个红脸庞的农夫。
我没有止步说话，只是点点头，
满天是渴望的繁星，
脸白如城里的孩子。

---

①T.E. 休姆 (Thomas Ernest Humle ，1883—1917)，英国诗人、文学理
论家、哲学家，英美现代主义诗歌形成期的关键人物，对埃兹拉·庞
德、T.S.艾略特等的创作产生过重大影响。

# J. 艾尔弗雷德·普鲁甫洛克的情歌①

T.S. 艾略特

> 假如我想到听我回答的人
>
> 能够重返人间，
>
> 这火舌将不再摇动；
>
> 既然无人能活着离开这深渊，
>
> 假如我所闻属实，
>
> 我可以回答你而不用担心流言。②

那我们走吧，我和你，

当暮色向天际展开，

如病人被麻醉在手术台；

我们走吧，穿过半荒芜的街，

那些嘀嘀咕咕的退隐之所，

---

① 本诗是一首以戏剧独白的形式写的自由体诗歌，全诗有韵，但押韵
   并不严格。本诗名为"情歌"，但缺少的恰恰是爱情。本诗具有意
   识流色彩，意象非常奇特，思想和情感跨度巨大，通过写一个神经
   过敏、自卑懦弱、优柔寡断的小人物的精神痛苦，展现了一种病态
   人格，具有强烈的社会象征意味。

② 这几句题词引自但丁的《神曲》"炼狱篇"第27章第61—66行。据《神
   曲》，吉多·达·蒙特弗尔仇因罪孽在地狱的劫火中受煎熬，他以
   为听他说话的但丁也是被打入地狱的阴魂，不能把他的丑事传回人
   世间，因此他说了所引的话并无所顾忌地向但丁坦白了他过去的罪
   恶。吉多的阴魂被裹在劫火中，因此他每次说话那劫火都会颤动，
   声音好像由火舌发出似的。作者引用吉多对但丁说的话，旨在暗示
   普鲁甫洛克和吉多相似，也是被贬入地狱的，也是在劫火中受难和
   说话，同时暗示听普鲁甫洛克说话的人（读者）也是被贬入地狱的。

凑合一宿熬过不安之夜的廉价客栈，
以及满地锯木屑和蚌壳的餐馆：
街连着街，有如冗长的辩论
带着阴险的用意，
把你引向一个势不可当的问题……
噢，不要问："那是什么呀？"
我们走吧，做客去吧。

房间里女人们进进出出，
在聊着米开朗基罗。①

黄色的雾在玻璃窗上蹭了蹭背，
黄色的烟在玻璃窗上蹭了蹭嘴，
随后把舌头舔进黄昏的各个角落，
又在快干枯的排水沟上晃荡，
听任烟囱落下的灰尘落到它的背上，
从台阶旁溜下，然后它突然一跳，
发现这是一个温柔的十月之夜，
便在屋子附近蜷缩起来，开始睡觉。

---

① 米开朗基罗（1475—1564），意大利雕塑家、画家、诗人，欧洲文
艺复兴时代的巨人。以精神力度著称的米开朗基罗，居然成了某些
附庸风雅的女人们闲聊的对象，本诗的嘲讽意味由此可窥一斑。

的确，将来有的是时间 ①，
有时间让黄色的烟沿街滑行，
同时在玻璃窗上蹭它的背；
有的是时间，有时间
准备一副面孔去面对你遇上的脸；
有时间去谋杀和创造，
有时间让手完成所有时日的操劳 ②，
并抓起一个问题扔进你的茶盘；
你有的是时间，我有的是时间，
在吃烤面包和喝茶之前，
有时间犹豫不决一百遍，
有时间出现幻景一百遍再修正一百遍。

房间里女人们进进出出，
在聊着米开朗基罗。

---

① 在本段及后面段落里，"将来有的是时间"有众多变奏，旨在强化
表现普鲁甫洛克的寡断与怯懦——有的是时间，似乎就有了拖延的
理由——自卑的普鲁甫洛克好像同时擅长自责和自慰。此外，"将
来有的是时间"和"有时间"等字眼很富于暗示性，很容易让西方
读者想起《圣经·新约·传道书》中的一段话："对每一件事情都
有一个季节，天底下每个日都有一个时间：有时间去生，有时间去
死，有时间去种植，有时间去挖掘……"英国读者中学养深厚者甚
至会联系到安德鲁·马弗尔的诗歌《给他羞羞答答的情人》中的句
子："假如我们有足够的世界和时间。"艾略特的很多诗歌都或显或
隐地使用典故，其作为学院派诗歌大师爱"掉书袋"的语言特点，
由此也可窥一斑。天才如艾略特者"掉书袋"能得心应手，平庸之
辈若去模仿，很可能弄巧成拙。
② 此处有隐性用典，即古希腊诗人赫西俄德的《工作与时日》，一部
写农民的生活与劳作的长诗。

的确，有的是时间
去质疑："我敢吗？""我敢吗？"
有时间转身走下楼梯，
我头上的秃斑会暴露无遗——
（她们会说："他的头发长得好稀！"）
我的晨礼服，直抵下巴的衣领很坚挺，
领带富丽而庄严，只用一枚朴素的别针固定——
（她们会说："他的胳膊和腿好细！"）
我是否有勇气
把这宇宙扰乱？
在一分钟之内有的是时间
去决定和变卦，然后在下一分钟再变。

因为我已熟悉她们，她们所有的人——
熟悉这些黄昏、下午和早晨，
我已用咖啡勺量走我的生命；
我知道随着隔壁的音乐响起
人声会渐渐降调直至消停，[1]
　　　所以我怎能贸然开口？

因为我已熟悉那些眼睛，所有那些眼睛——
它们会用一个公式化的警句把你钉死，

————————————

[1] 此处又有用典，典出莎士比亚《第十二夜》第一幕第一场，其中正
　　害相思病的奥西诺公爵说："再来那支曲子，它有个渐渐低下的降
　　调。"

而当我被公式化，爬在钉针下，
当我被针扎在墙上，在蠕动挣扎，
那我怎样才能开始
吐出我所有日子和习惯的剩烟头？
　　我又怎能贸然开口？


因为我已熟悉那些胳膊，所有那些胳膊——
那些胳膊戴着手镯，赤裸而白净，
（但在灯光下，满是淡褐色的茸毛！）
是不是来自衣裙的香气
让我如此离题万里？
那些胳膊搁在桌子上，或者裹着围巾。
　　那么我是否该开口？
　　我又该怎样开头？
　　…………

我是否该说，我在暮色中走过狭窄的街道，
看见孤独的男人们穿着衬衫
伏在窗口，烟斗冒出的烟四处缭绕？……


我还不如作一对粗陋的蟹螯
快速掠过寂静的海底。①
　　…………

---

① 有论家认为此处用典，典出莎士比亚《哈姆雷特》第二幕第二场：
　装疯的哈姆雷特对朝臣波隆尼阿斯说："因为你自己，先生，将和
　我一样衰老，如果你像一只螃蟹一样向后爬。"从优柔寡断的性格
　来看，普鲁甫洛克也可说是新版的哈姆雷特，然而猥琐得多。但也
　有论家持不同看法，认为此处没有用典。

这下午，这傍晚，睡得多安宁！
被纤长的手指抚慰，
它睡着了……累了……或者在装病，
它舒展在地板上，就在你我的身旁。
我已用过茶水、点心和冰淇淋，
我是否有力量把此刻推至峰顶？
然而尽管我曾哭泣和斋戒，哭泣和祈祷，①
尽管我看见我的头( 有点秃 )被放在盘里端进来，②
但我不是先知——这一点不值得大惊小怪；
我看见我的辉煌时刻在闪耀，
我看见那永恒的"侍从"③捧着我的外衣窃笑，
一句话，我当时有点怕。

再说，归根到底是值不值得，
在饮料、橘子酱和茶水用完之后，
在大堆杯盘之间，在你和我的交谈中，
那到底值不值得——
微笑着把这事儿一口啃掉，

---

① 《旧约·撒姆尔》中有"他们悲伤、哭泣、斋戒"之句。
② 此处用典。据《新约·马太福音》，先知施洗者约翰拒绝了莎乐美的爱，
　 莎乐美因此生恨，要求希律王杀死约翰，结果希律王让人杀了先知，
　 并把他的头装在盘子里端给莎乐美。在传统绘画中，施洗者约翰的
　 头发和胡须都很长，而普鲁甫洛克却是个秃子，他对秃顶耿耿于怀。
　 在更深的层面，施洗者约翰是拒绝了爱情并为信仰殉难，这当然更
　 让普鲁甫洛克自惭形秽，因为他不是先知，没有坚定的信仰，他所
　 能做的一切只是想入非非，并在优柔寡断中"用咖啡勺量走"他的
　 生命。
③ 永恒的"侍从"，可能指死神或命运之神。

把宇宙挤压成一个小球，
把它滚向某个势不可当的问题，
说道："我是拉撒路<sup>①</sup>，从冥界归来，
来向你们诉说一切，诉说一切"——
就怕那女人用手整一整脑后的枕头，
说："我根本没有那个意思。
　　没有，根本没有。"


归根到底是值不值得，
值不值得大费周章——
在夕阳下，在庭院里，在洒过水的街上，
在读小说之后，在喝茶之后，在长裙拖过地板之
　　后——
还有这个，还有更多吗？——
要表白我的心意绝不可能！
如同幻灯把神经的图案投上屏幕——
到底值不值得，
假如一个人整理一下枕头，或扔掉一块围巾，
转身面向窗户，说：
　　"根本不是那么回事，
根本不是我的意思，根本不是。"
…………

--------

①《圣经》中有两个人叫拉撒路，一个是玛利亚和马大的兄弟，他死
　后耶稣让他复活，他讲述了他死后的经历。另一个拉撒路是一个乞
　丐，他曾躺在财主的门口得不到善待，他死后被天使送到了亚伯拉
　罕的怀抱，而那个财主却下了地狱。财主后来有所领悟，请求拉撒
　路回到人间后告诫他的兄弟们多行善少作恶，免得死后下地狱。

不！我不是哈姆雷特王子[1]，生来就不是；

我只是一个侍臣，供人驱使，

在随员中充数，偶尔插科打诨，

或给王公出主意：无疑是顺手的工具，

服服帖帖，乐于被呼来唤去，

周到、谨慎并且战战兢兢，

满口高谈阔论，却有几分愚钝；

有时候真是有点滑稽——

有时候简直和小丑无异。


我在变老……我在变老[2]……

我将要把裤脚卷得高高。[3]


我要把头发在脑后分开吗？[4] 我敢吃桃子吗？

我将穿上白色法兰绒裤子，漫步在海滩上，

---

[1] 哈姆雷特是莎士比亚笔下的丹麦王子，因内心矛盾和犹豫不决而痛
苦万分。就此而言，普鲁弗洛克和哈姆雷特有几分相似，但是哈姆
雷特毕竟是一个有英雄性格的大人物，他思考的是复仇、恢复王位
和匡扶正义之类的大问题，这是猥琐的普鲁弗洛克无法望其项背的。
普鲁弗洛克对此心知肚明，他知道自己不是英雄，只是一个小人物，
甚至是弄臣、小丑。他自惭形秽，却又无可奈何，只能在想入非非
中自我麻醉，直至耗尽生命。

[2] 据翻译家裘小龙先生说，艾略特曾说在写这句诗时，他想到了莎士
比亚戏剧人物大胖子福斯塔福的一句话："英国没有上绞架的好人
不到三个，其中一个是胖子，而且在变老。"（《亨利四世》）另外，
福斯塔福恰好也是一个"满口华丽的词藻，但有一点愚笨"的人，
一个非英雄角色。

[3] 在当时穿卷高裤脚的裤子是一种时髦。（采裘小龙之说）

[4] 在当时把头发在脑后分开被视为放荡不羁。（采裘小龙之说）

我已听见美人鱼们在彼此对唱。

我想她们不会为我而歌唱。

我看见美人鱼骑着波浪奔向海洋，
一边梳理波浪那被风吹向后面的白发，
当风把海水吹得黑白变幻。

我们徜徉在大海的殿堂，
海妖用红褐色的水草为我们配上花冠，
一旦人声把我们唤醒，我们就溺水而亡。

1915 年，1917 年

# 听乐队演奏

D.H. 劳伦斯 [①]

有一支乐队在夜晚尚早时分演奏，
不过是一群不幸福的男人在制造噪音
以淹没他们内心的嘈杂：还有我们的。

一轮小月亮，相当沉静，整夜斜着身子自唱自乐，
而男人们的音乐有如一只老鼠在啃东西，
它被困在木制捕鼠器里，在啃个不停。

---

① D.H. 劳伦斯，全名大卫·赫伯特·劳伦斯（David Herbert Lawrence，
　 1885—1930），英国小说家、诗人、剧作家，是 20 世纪英语文学中
　 最重要的作家之一，也是最有争议性的作家之一，小说代表作有《虹》
　 《恋爱中的女人》《查泰莱夫人的情人》《儿子与情人》等。

**演奏者**

他首先是为自己演奏,
有无听众并不太重要。

# 那个年轻的罪人是谁

A. E. 豪斯曼 ①

啊，那个戴手铐的年轻罪人是谁？
他的什么勾当让人们对他斥责又挥拳呢？
他干吗会露出良心有愧的诚惶诚恐？
啊，他们抓他是由于他头发的颜色与众不同。

真是羞辱人性啊，他竟然长着那样的头发，
在太平盛世，那种头发的颜色意味着绞刑；
尽管绞刑太轻，公正的处罚是千刀万剐，
谁叫他长着颜色那么怪异可恶的头发！

啊，他给头发染色，还用帽子来造假，
他为此吃了苦头，付出了昂贵的代价；
但有人摘了这家伙的帽子，他暴露了真相，
他的发色何其怪诞，他们要送他进牢房。

从此他的双脚要踩水车，双手要用麻絮补船缝，
还要在波特兰的石场做苦役，无论酷暑与寒冬，
在繁重的操劳中他要挤出点时间来诅咒，
诅咒上帝让他长出的头发颜色那么丑陋。

---

① A. E. 豪斯曼（A. E. Housman，1859—1936），英国学者、诗人，他
　受民谣影响较大，诗歌风格独特，举重若轻。这首《那个年轻的罪
　人是谁》看似行文轻松，实则充满反讽，表达了对现实黑暗的鞭挞
　及对受苦受难者的同情。

# 乞 丐

弗兰克·斯图尔特·弗林特①

一个老汉
站在贫民窟，
在吹奏他的凄楚；
弯腰驼背，缩成一团，
胡须杂乱无章，
双眼死气沉沉。

蜷缩又寒碜，
衣衫破烂直打抖——
寒风抽打他，
饥饿撕咬他，
孤苦伶仃，手中口哨一枚，
在呜呜咽咽地吹。

听呀！他那凄凉的音乐
是多么与众不同，
来自空肚子的风
魔术一般
被吹进风中——

青铜上的白银图案。

---

① 弗兰克·斯图尔特·弗林特（Frank S. Flint, 1885—1960），英国诗人、
  翻译家，曾与庞德、休姆等组成意象派，是那场诗歌改革的活跃分子。

## 加拿大诗歌

# 你开始

玛格丽特·阿特伍德 [1]

你这样开始：
这是你的手，
这是你的眼，
那是一条鱼，在纸上
又蓝又平，简直像
一只眼睛。
这是你的口，这是一个 O。
或者一个月亮，说什么都行，
只要你喜欢。这是黄色。

窗户外面
是雨，绿绿的，
因为已是夏天了，雨外边
是树林然后是世界，
世界是圆的而且只有
这九种蜡笔的颜色。
这就是世界，比我说的
更完满也更难了解。

---

① 玛格丽特·阿特伍德（Margeret Atwood, 1939—　），加拿大诗人、
　小说家，被视为世界女权主义文学代表作家之一。

你那样涂抹世界是对的，
先用红色然后用
橙色：世界燃烧了。

一旦学会这些词语，
你就会知道还有很多词语
你永远也别想学完。
"手"这个词漂浮在你的掌心，
像湖面上空的一小朵云。
"手"这个词像一个船锚，

让你的手停泊在这桌上，
你的手是一块温暖的石头，
被我裹在两个词语中间。

这是你的手，这些是我的手，这就是世界，
这世界是圆的但并不是平的，它有
更多的颜色，我们没能看见。

世界在开始，它有一个尽头，
这是你将要复归的
地方，这是你的手掌。

# 庄严的诗

## 美国诗歌

## 两条小溪

沃尔特·惠特曼 [1]

两条小溪肩并着肩，
两条混合、平行、漫游的溪流，
一对伴侣、旅行者，一边走一边聊天。

流向永恒的海洋，
这些微波，流逝的波浪，生与死的溪流；
客体和主体在奔流，回旋前进，
现实与理想并行。

白天和黑夜交替着此消彼长，奔流而去，
（一组三重奏浑然一体，现在、未来、过去。）

---

[1] 沃尔特·惠特曼（Walt Whitman，1819—1892），美国诗人，人文主义者，自由体诗歌的开创者，其诗歌总集《草叶集》是美国文学史上一座灿烂的里程碑。《草叶集》共收有诗歌三百余首，诗集得名于集中的一句诗："哪里有土，哪里有水，哪里就长着草。"草叶代表了大自然的神奇，同时又是美国民主的象征。惠特曼的诗自由奔放，包罗万象，融深刻的思想与澎湃的激情于一体，是美国上升时期最强健、最豪迈的歌声。

在你的心里（不管你是谁，只要在读我的书），

在我自己心里——在全世界心里——这些微波在
　流淌，

一切，一切都流向那神秘的海洋。


（啊，令人渴慕的波浪！你嘴唇的吻何其销魂！

你的胸膛何等宽广，还有张开的臂膀，啊，坚实
　而开阔的海岸！）

# 自我之歌（节选）

沃尔特·惠特曼

## 31

我相信一片草叶的做工丝毫不亚于群星。
一只蚂蚁，一粒沙子和一个鹪鹩蛋都同样地完美。
雨蛙也是造物主的一件精心杰作，
遍地蔓生的黑草莓足以使天上的华堂生辉，
我手上最小的一个关节能让所有的机械逊色，
低着头在嚼草的奶牛胜过任何雕像，
一只老鼠的神奇足以让千千万万异教徒震惊。

我发现我体内混杂着片麻岩、煤、长条的苔藓、
水果、谷粒和可食的菜根，
并且浑身上下饰满了走兽和飞禽，
尽管有充分的理由远离了过去的一切，
一旦需要我还可以把任何东西召回来。

莽撞或畏怯是徒然的，
火成岩喷出古老热能阻止我走近是徒然的，
柱牙象退缩到它灰化的骷髅下是徒然的，
事物远离我并显出各种形状是徒劳的，
海洋潜伏深渊和巨怪龟缩低谷是徒然的，
兀鹰以苍天为家也是徒劳的，
蝮蛇从藤蔓和原木间溜过是徒劳的，
麋鹿隐居进森林深处是徒然的，

蕨

到林子里随便走走，
不经意间你会发现——
一花一草都富于匠心。

利嘴的海雀向北漂往遥远的拉布拉多是徒然的，
我快速地跟进，我直升上那悬崖缝里的鸟窝。

## 32

我想我能转而和动物生活在一起，它们何等平静，
　又何等自足，
我站立着对它们观看了很久很久。

它们不会为自己的处境懊丧和哀怨，
它们不会在黑夜眼睁睁地躺着为自己的罪孽哭
　泣，
它们不会争论它们对上帝的职责而让我感到恶
　心，
没有一个不满足，没有一个因热衷于占有财富而
　发狂，
没有哪一个向另一个或生活在几千年前的一个同
　类下跪，
在整个地球上，没有哪一个特别尊贵或者郁郁不
　乐。

就这样它们表明了与我的关系，而我接受了它们，
它们让我看到了我自身的特征，它们以它们自己
　的特性作为明证。

我奇怪它们从何处得到那些特性，
是否在太古之时我也走过那条路并因疏忽而失掉

本性。

过去、现在和未来我都在前进，
一直在快速地收集和展示更多的东西，数量极多，
包罗万象，其中有些和这些特点相似，
对那些想分享我的纪念品的人我也并不排斥，
我已从中挑出我喜欢的一个，现在我和他像兄弟
　　般一道前行。

一匹高大健美的雄马，精神抖擞，热烈地响应我
　　的爱抚，
它前额饱满，两耳间距很宽，
四肢壮实而柔顺，长尾拂着大地，
双眼闪烁着野性之光，两耳则轮廓分明，正在灵
　　活地转动。

我跨上马背后，它张大了鼻孔，
我骑着它跑完了圈，一路上它健壮的四肢兴奋得
　　颤个不停。

雄马啊，我只骑你一会儿，然后就要离你而去，
我自己比你更迅捷，有什么必要靠你去飞奔呢？
即使站着或坐着我都远远地比你更为迅速。

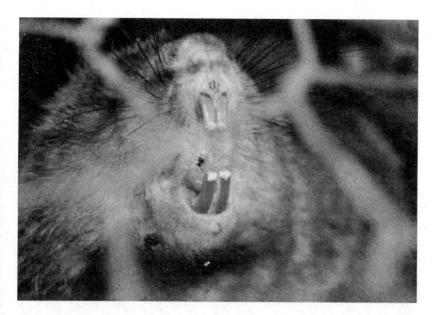

笼中的竹鼠

从与飞禽走兽为友，
到与野生动物结仇，
生活的诗意就消失了，
世界变成了沙场。

# 听博学的天文学家讲学

沃尔特·惠特曼

我曾听过博学的天文学家讲学，
众多证据、数据被分栏罗列在我面前，
还展示了图表和图解以便添加、划分和测量，
我听见天文学家的高论在讲堂里引起阵阵喝彩，
当时我不知何故很快就陷入了烦闷和厌倦，
于是起身离座，独自溜到了讲堂外面，
在那神秘而湿润的夜间空气里，
我不时默默仰望那些星星。

1865 年

# 一个女人在等我 [①]

沃尔特·惠特曼

一个女人在等我，她包含一切，什么都不缺，
但如果缺了性，或者缺了健全男子的水分，就缺
　少了一切，

性包含一切，肉体、灵魂、
意义、证据、贞洁、雅致、结果、传播、
诗歌、命令、健康、骄傲、母性的神秘、生殖的乳汁、
所有的希望、善行、捐赠，所有的激情、爱情、美貌、
　尘世的欢乐，
所有的政府、法官、神灵、世界的领袖们，
这一切都包含在性之中，是性的组成部分，也是
　它存在的理由。

我所喜欢的那个男人并不感到羞耻，他懂得并坦
　率承认他的性的妙处，
我所喜欢的那个女人也不感到羞耻，她懂得并承
　认她的。

从今往后我将不再接近那些冷淡的女人，
我要和那个等我的女人同住，和那些能满足我的
　满腔热血的女人同住，

---

[①] 在这首涉及性爱的诗里，惠特曼没有直接写性器官和性行为，但这
　并不妨碍他把性爱表现得庄严、豪迈而又美丽。

我知道她们理解我，不会拒绝我，
我知道她们值得我爱，我要做她们的健壮的丈夫。

她们丝毫不亚于我，
她们因日晒风吹而皮肤黝黑，
她们的肉体具有古老而神圣的柔韧与力量，
她们知道怎样游泳、划船、骑马、角力、射击、跑步、
　　冲锋、撤退、前进、抵抗、保护自身，
她们完全地靠自己生活 ——她们沉静明媚，是自
　　己的主人。

我把你们拉近身边，你们这些女人呀，
我不让你们离开，我要使你们受益，
我是你们的，你们是我的，不仅为我们自己，也
　　为别的很多人，
你们的体内沉睡着更加伟大的英雄和诗人，
他们只愿在我的触摸下苏醒。

是我啊，女人们，是我在前进，
我严厉、刻薄、魁梧、难听劝阻，但我爱你们，
除了你们所需我不会对你们进行更多的伤害，
我倾注所有原料创造无愧于美国各州的众多儿
　　女，我用迟钝而粗鲁的肌肉挤压你，
我有力地支撑住自己，我不听任何恳求，
我不敢退缩，直到我把我体内积蓄已久的东西存
　　放妥当。

通过你们我让体内被禁锢的河流一泻千里，
在你们体内我珍藏了未来一千年的时间，
在你身上我种了我和美国最亲爱的儿女，
我注入你体内的生命之水将长成奔放而健壮的姑
　　娘、新的艺术家、音乐家和歌手，
我和你生育的孩子也将生育他们的孩子，
我将从我爱的开销中索取完美的男人和女人，
我期待他们与别人互相渗透，就像我现在与你们
　　彼此渗透，
我指望他们倾泻的阵雨能结累累硕果，就像我指
　　望我现在倾泻的阵雨结出硕果。
我将从我现在如此快乐地播种的诞生、生活、死
　　亡和永恒中寻求爱的丰收。

1856 年

# 我为美而死

艾米莉·狄金森

我刚刚为美而死——
几乎还未习惯坟墓，
便有人为真而死——
被安葬在隔壁的坟墓。

他轻声问我为何倒下？
"为了美。"——我回答——
"我为了真——美与真一体①，"
他说，"我们俩，是兄弟。"

于是，如黑夜遇故人——
我们俩隔着石壁谈心，
直到青苔爬上我们的嘴唇——
再覆盖掉——我们的姓名。

---

① 英国诗人济慈有名言曰："美即是真，真即是美。"狄金森有可能
受过济慈的影响。狄金森和济慈有共通之处，两人都是内省式的诗
人，都体弱多病，活动范围较窄，主要是靠阅读和冥想写作。

古埃及石棺内壁上的画

相信来世的人，
因关心灵魂的救赎，
此生会活得更真、更美。

# 我头脑里在出殡

艾米莉·狄金森

我感到我头脑里在出殡，
送葬者来来往往，
不断走来走去——走来走去——
直到我的感觉好像被突破——

他们好不容易坐下来，
葬礼开始，像一只大鼓——
不断地敲——敲——直到我感到
我的心失去了知觉——

然后我听见他们抬起棺材，
叽叽嘎嘎走过我的灵魂，
还是那种脚步，铅一般沉重，
空间——开始晃动，

整个天堂是一个铃铛，
而生命，只是一只耳朵，
还有我，还有沉默，在一场
奇怪的竞赛中遇难，孤独——

接着，理智的木板断裂，
我往下坠落，坠落——
每一次急降，都撞着一个世界，
于是我真的失去了知觉，然后——

# 箭与歌

亨利·W. 朗费罗 [1]

我把一支箭射进空中，
它落回地面，不知所终，
因为箭的速度快捷无比，
视力无法追寻它的轨迹。

我把一首歌吟进空中，
它落回地面，不知所终，
谁的视力那么锐利又灵敏，
能够追得上歌的飞行？

很久很久以后，在一棵橡树上，
我找到了那支箭，竟毫无损伤；
还有那首歌，从头到尾是原样，
我发现它在一个朋友的心里回荡。

---

[1] 亨利·W. 朗费罗 (Henry Wadsworth Longfellow，1807—1882)，19
世纪美国浪漫主义诗人之一，主要诗作包括三首长篇叙事诗或通俗
史诗，即《伊凡吉林》《海华沙之歌》和《迈尔斯·斯坦狄什的求婚》。

# 辩 白

拉尔夫·沃尔多·爱默生

别以为我生性孤傲又粗鲁，
　　要独自到林间和幽谷漫步；
我是去把树林之神谒见，
　　好聆听他给予世人的忠言。

不要斥责我懒惰又懈怠，
　　说我抱着双臂在溪边发呆；
每一朵云在天空中徜徉，
　　都把一封信写在我的书上。

勤劳的人啊，别责怪我，
　　说我尽采撷无用的花朵；
我手上的每一朵紫苑花，
　　都会载着奇思妙想回家。

世上早就没有了奥秘，
　　它已呈现在每一朵花里；
历史也不再有秘密可藏，
　　鸟儿已在林荫中把它宣扬。

你土地上的第一批庄稼，
　　已被健壮的耕牛驮回家；
你土地上的第二次收割，
　　便是我即将谱写的一首歌。

# 黑色骑兵队来自海上

斯蒂芬·克瑞恩


黑色骑兵队来自海上。
听那长矛与盾牌的铿铿锵锵，
那铁蹄与脚跟的叮叮当当，
还有狂叫和头发的激浪
驭风汹涌而来。
罪孽就这样杀来。


1895 年

# 在沙漠里

斯蒂芬·克瑞恩

在沙漠里
我见一个家伙，
野兽一般赤裸裸，
他蹲在地上，
手捧自己的心，
一点点地吃。
我说："朋友，是否好吃？"
"苦——苦啊，"他回答，
"但我喜欢它，
就因为它很苦，
还因为它是我的心。"

# 灰暗的日子

威廉·沃汉·穆笛 [①]

细雨为沼泽披上灰雨披，
雨水给大海蒙上白尸衣，
从阴暗的礁石到忧郁的海角，
有些灰色小船在慵倦地飘摇。
我不知道那商人如何找到
远航的勇气，但那些船的使命
是永不停息地去大海航行。

小船在灰暗的深渊上爬行，
虚幻缥缈如一只只昆虫，
足以使乖张的酒鬼惊恐。
两个划船手侏儒一般矮小，
小船如昆虫长着四只小脚，
他们在古老无边的海出击
——实在勇敢，也实在滑稽！

我不明白商人雇的水手们
如何获得了如此的坚忍！
不明白渔商怎样才使他们

---

① 威廉·沃汉·穆笛（William Vaughn Moody,1869—1910），美国诗人、
剧作家，毕业于哈佛大学，在其有生之年人们一度把他和弥尔顿、
雪莱相提并论，其诗歌代表作有反战名篇《一个士兵倒在菲律宾》
和《犹豫时代的颂歌》等。

甘愿辛苦，如此地卖命！
更不明白人的心怎么会
有如此耐性去突破自身极限，
或苦苦等待它的梦想的实现。

1901 年

# 雪夜林边小憩

罗伯特·弗罗斯特 ①

这树林的主人我想我熟悉，
尽管他住在那边的村子里；
他不会看见我在这里小憩，
在观赏他的林子飞雪迷离。

我的小马一定感到不寻常：
干吗停在没有住家的地方，
在树林和冰冻的湖泊之间，
在这一年中最黑暗的晚上？

它摇了摇它马具上的响铃，
表达出对是否出错的担心，
此外唯一可以听到的响声，
是那微风吹拂绒雪的声音。

这树林又深又黑让人留恋，
但我有很多诺言要去兑现，
还要赶很多里路才能安眠，

---

① 罗伯特·弗罗斯特是一位英语语言大师，本诗原文行云流水一般
的行文足以为证。弗罗斯特曾说："诗译则失。"（What is lost in
translation is poetry.）似乎在他看来诗歌是不能翻译的。在不伤及原
诗思想、情趣的前提下，译文要保持原诗的音韵之美殊为不易。

还要赶很多里路才能安眠。①

雪夜的林子

在风雪之夜，
独自在林子边观景，
你会突然感到胆战心惊。
审美，有时候也是一种历险。

---

① 本诗行文平白如话，但细读便发现颇有玄机。全诗貌似记述一次实
  实在在的旅程，但其实那森林颇具神秘色彩，而旅程则更有象征意
  味——看看"诺言"和"安眠"等字眼，再想想最后重复的两句，
  便可对个中玄机悟出个大概。

# 没有走的路

罗伯特·弗罗斯特

黄树林里有两条分岔的路，
很遗憾我不能两条都兼顾。①
作为过客，我在那里伫立，
并放眼追寻一条路的行踪，
发现它蜿蜒穿行在灌木丛。

我选了同样可爱的另一条，
说不定它走起来会更美妙，
因为它人迹罕至长满草；
不过这一理由可能不成立，
因为两条路都没什么足迹。

两条路在那天早上都不赖，
路上的落叶都没有被踩坏：
哦，我把第一条留给未来！
但我知道路路相连无尽头，
我真怀疑日后能否再回头。

---

① 本诗是弗罗斯特最著名的诗之一，是一首以"选择"为切入点的富
于人生象征意味的诗。在我为本诗译的另一文本中，开头两句为"两
条路在黄色树林里分手，很遗憾我不能两条同时走"，因担心"分手"
的译法有过分发挥之嫌，故本选集采用现文本。另外，在我主编《美
国理想之书》时，我曾为我约的译者吕代珍校改过她所译的本诗，
因此我的本诗译文和经我校改的她的译文有些共同之处，特此说明。

很多很多年以后身处某地，
说起这事儿我会一声叹息：
两条路在树林里分岔，唉——
而我走到人迹更少的路上，
结果一切的一切都变了样！

铁路分岔口

分道只在瞬间，
回归遥遥无期。

# 在地铁站①

埃兹拉·庞德

这些脸庞在人群中如幻影；
数点花瓣黑树枝上湿淋淋。②

另译：

人群中这些幽灵般显现的脸；
湿漉漉的黑树枝上花瓣点点。

---

① 本诗只有两行，是高度凝练的意象派诗歌代表作之一。本诗的写作
  灵感来自巴黎一个地铁站，第一稿有三十一行，被庞德废弃了。第
  二稿有十五行，但庞德还是不满意。第三稿便是这个版本。本诗前
  后两行各有一个意象，相互映衬成趣。至于两个意象有什么关联，
  或可意会，难以言传。

② 作为西方现代派诗歌运动的领军人物，庞德很推崇东方诗歌，日本
  的俳句和中国古诗都曾让他着迷。他虽然不懂中文，但却根据他人
  的翻译创造性地再翻译（改作）过一些中国古诗。本诗或许受过中
  国古诗的影响——白居易《长恨歌》有诗句曰："玉容寂寞泪阑干，
  梨花一枝春带雨。"

# 花　园

希尔达·杜丽特尔 [①]

## 1

你好清晰，
啊玫瑰，刻在岩石里，
坚硬如突袭的冰雹。

愿我能从花瓣上
刮落那颜色，
像刮掉岩石上泼洒的颜料。

假如我能折断你，
我就能折断一棵树。

假如我能动弹，
我就能折断一棵树，
我就能折断你。

---

[①] 希尔达·杜丽特尔（Hilda Doolittle，1886—1961），美国女诗人，
意象派代表人物之一。本诗的独特之处，在于把"闷热"这种感觉
写成了看得见、摸得着的东西，从而赋予了主观感受一种客观实在
性，一种硬邦邦的生活质感。好的诗歌常常把质感与感悟融为一体，
从而达到感性与理性的互为表里。

2

风啊，
撕开这闷热，
割破这闷热，
把它撕向两边。

果子都无法落下，
穿不过这浓稠的空气：
果子落不进这闷热，
它向上挤压，
磨钝了梨子的尖角，
还磨圆了葡萄。

割破这闷热，
犁开这闷热，
把它翻开，
推向你路的两边。

# 看一只黑鸟的十三种方式

华莱士·史蒂文斯 [①]

## 1

曾经，二十座雪山之间，
唯一活动之物
是黑鸟的眼。

## 2

我曾有三种心情
像一棵树上
有三只黑鸟。

## 3

黑鸟曾在秋风中飞旋。
它是哑剧中的一个小角色。

---

① 华莱士·史蒂文斯（Wallace Stevens，1879—1955），美国诗人。他
认为写诗是绘制"个人的画廊"。作为诗人他喜欢独自玄想，喜欢
与世隔绝，难怪与文坛人士交往少。本诗和《坛子轶事》作为他最
有名的诗都显示：他是一个心灵走向蛮荒的人。

4

一个男人和一个女人
属于一体。
一个男人和一个女人及一只黑鸟
属于一体。

5

我不知道该喜欢哪样，
变调之美
抑或委婉之美，
鸣啭中的黑鸟
抑或鸣声乍停。

6

冰凌用粗野的玻璃
把长长的窗户镶满。
黑鸟的影子
穿过窗户，来来去去。
心绪
在窗户上跟踪
那不可破译的宿因。

## 7

哈达姆的瘦男人们啊，
你们为什么要想象金鸟？
难道看不见黑鸟
走在你们身旁的
女人们的脚边？

## 8

我熟悉高贵的口音，
还有明快、难忘的节律，
但我也知道，
我所熟悉的东西
涉及到黑鸟。

## 9

当黑鸟飞出视野，
它标出了
众多圆圈之一的边界。

## 10

看见黑鸟群
飞在绿色的光里，

连娇声柔曼的妓女
都会刺耳地尖叫。

## 11

他曾乘坐镶玻璃的马车
经过康涅狄克州，
有一次他毛骨悚然，
因为他把马车的影子
看成了一群黑鸟。

## 12

河水在流淌。
黑鸟想必在飞翔。

## 13

那整个下午形同黄昏。
天当时下雪，
还要接着下。
雪松的枝丫里
栖息的是黑鸟。

# 卡梅尔海滩

鲁宾逊·杰弗斯[①]

事物的忍耐多么奇特！
这片美丽的土地被房屋污损，已面目全非——
当年第一次见它时多么美丽：绵延的田地
长满羽扇豆和罂粟，环抱它们的悬崖

    清洁如高高的墙壁，

除了两三匹马儿在吃草，再没有任何骚扰，
或者是奶牛在石头上蹭痒，其乐陶陶——
现在破坏者来了，它是否在乎呢？
不太在乎。它有的是时间。它知道
人们是涨起的潮水，到时候会退去，他们
创造的一切也将烟消云散。而到那时
太古的美却在花岗岩微粒中找到久长的生命，
像拍岸的浩瀚海洋一样安详——我们该怎么办？
我们必须把思想的中心移向自身之外，
我们必须对自己的观念做非人化的更改，
要变得像巨石和大海一般自信——
人类最初正是从它们那里获得了生命。

---

① 鲁宾逊·杰弗斯（Robinson Jeffers，1887—1962），美国诗人，他认为人类已经要命地疏离了自然，病态地沉湎于对物质利益与感官快乐的追求。他曾在加利福尼亚州海边的高崖上建了一座石头小房子，远离喧嚣地住在那里，可以一边俯瞰太平洋，一边写他的诗歌。本诗能突出地折射出杰弗斯对原始自然的崇尚。

**海滩上的一只拖鞋**

一只拖鞋随海浪漂泊，
谁知道它的主人是谁，
谁知道它的搭档在哪里，
谁知道它会不会孤独？

英国诗歌

# 死神，别得意

约翰·但恩

死神，别得意，尽管有些人怕你，
说你凶猛无比，其实你徒有虚名；
因为你以为被你打倒的人没有死去，
可怜的死神，你也要不了我的命。
休息与睡眠只是你的影像，固然惬意，
而你带来的快乐想必更加无与伦比，
我们的众多豪杰的确很快随你而去，
他们的骸骨适得其所，灵魂得到安息。
你是命运、机遇、国王和绝望者的奴仆，
你总是与毒药、战争和疾病为伍，
但罂粟或符咒也同样能使人安眠，
甚至比你的招数更灵验，你凭什么狂妄？
一次短暂的睡眠过去，我们会永远苏醒，
死亡将不复存在，而死神你，将会死亡。

# 告别辞：有关哭泣 [1]

约翰·但恩

　　　　　让我面对着你
挥洒泪滴，趁现在我们俩还在一起，
你的脸将它们铸成钱币，上面有你的情影，[2]
这一铸造使它们变得珍贵无比，
　　　　　因为这样它们
　　　　　就孕育了你；
它们是重重痛苦之果，还预示苦情不尽，
因为每一滴泪水坠落，你的情影也随之坠地，
而当我远走他乡，我们俩更是与死去无异。


　　　　　在一个圆球上面，
一个工匠用事先绘制的地形图片，
可以贴出欧洲、非洲和亚洲，
让空白圆球瞬间变成包罗万象的地球，
　　　　　每一滴泪也一样，
　　　　　由于映着你的形象，
会变成地球，是的，一个有你情影的世界，[3]

---

① 本诗是一首爱情名诗，诗中所用的意象全是圆形的（泪滴、钱币、
　地球、月亮），圆形象征圆满，但也暗示着零。
② 作者以钱币类比眼泪，意象很奇特。西方人的钱币常铸有国王或女
　王的头像，"我"的泪滴因映照出"你"的头像而成为钱币，因此
　变得无比珍贵。
③ 此处以地球仪类比眼泪，"我"的泪滴因包含"你"的情影而成为
　包罗万象的整个世界。

直到你的泪水与我的混合而淹没这个世界，
由于你泪水涟涟，我的天堂简直被溶解。


噢，你比月亮更神奇，
别吸起海水把我淹死在你引发的潮汐，①
别让我在你怀里哭得死去活来，我要恳请
你别教唆大海做它可能很快要做的事情，
别让风学榜样
作浪逞强，
而给我造成更大的伤害，超出它的本意；
既然你和我彼此的叹息和呼吸合一，
谁叹息最多，谁就最残忍，就加速对方的死期。②

---

① 此处把"你"和月亮做比较。月亮是美好的，但也可能是致命的。
月亮能引发潮汐之灾，"我"也可能死于"你"引发的爱的海啸。
② 古代西方人相信灵魂寓于呼吸中，而叹息会消耗生命。

## 告别辞：禁止哀伤

约翰·但恩

正如大德之人平和地逝世，
　　只对其灵魂耳语一声：好走，
哪管悲伤的朋友们各执一词，
　　有人说"已断气"，有人说"还没有"。

让我们融为一体，无声而安宁，
　　不掀起泪之洪水，或叹之风暴，
对凡夫俗子谈我们的爱情，
　　那无异于亵渎我们的情操。

地震常造成损害与恐慌，
　　人们会揣度其后果和意图，
而九重高天发生的动荡①，
　　远远更严重，人们却看不见害处。

世俗恋人那乏味的爱情
　　（其核心只是感官而已），
无法忍受离别的苦辛，

---

① 据托勒密天文学（地球中心说），天体运行的轨道有九圈，最靠近
　地球的一圈是月球轨道，第八圈是众恒星运行的轨道，第九圈为水
　晶圈，全是水。第九圈或第八圈的运动发生改变，会影响里面的几
　重天，导致春分和秋分的差错，但由于非常遥远，人们对它浑然无
　觉。结合前段可知，作者的言外之意是："我们"的分离如高天星
　辰的异动，它是神秘的、重大的，也是凡夫俗子无法理解的。

因为离别使感官之乐所剩无几。

而我们已被一种爱炼至炉火纯青，
　　因这种爱难以言传而会意不语，
我们更看重彼此间的心心相印，
　　不痴迷眼睛、嘴唇和手的欢娱。

我们的两个灵魂其实属于一体，
　　纵然我不得不远行，也无须哀伤，
我们要接受的是一种扩张，而不是分离，
　　就好比黄金打成金箔后又宽又长。①

即使是两个灵魂也无关紧要，
　　就好比一副圆规有两只脚配对，
你的灵魂是固定的那一只脚，
　　当另一只脚旋动，它也会旋转相随。

尽管那一只脚守在中心，
　　当另一只脚在远处漫游时，
它也会俯身倾听对方的足音，
　　而对方回归时它又把身子挺直。

---

① 黄金具有极好的延展性，据说一盎司黄金可以打成250平方英尺的
金箔。此处以黄金比喻"我们"的爱情，一是言其珍贵无比，二是
借黄金的延展性说明"我们"的分离只是一种爱的扩张。本诗的其
他意象也同样鲜明而富于启迪性，如下文中以一副圆规比喻一对情
侣。这样的意象赋予诗作一种特别的生活与艺术质感，可以让人像
感受花香一般体会思想与情感。

你对于我就像那圆心脚一样，

　　我得像圆周脚一般侧身跑步，

你的坚定使我的圆圈流畅，

　　让我得以在起始处圆满地结束。①

---

① 此处以圆规的两只脚来比喻"你"和"我"，一种彼此难分难舍、
相辅相成的关系跃然纸上。一只脚固定，另一只脚才能画出圆来，
而圆是完满的象征。据考证，以圆规比喻爱侣，最早见于古波斯诗
人哈亚姆的《鲁拜集》，而但恩做了自己的发挥。

接吻的恋人

我们更看重彼此间的心心相印，
不痴迷眼睛、嘴唇和手的欢娱。

# 歌

约翰·但恩

去吧，抓住一颗陨落的星，
　　让一根曼德拉草根 ① 怀孕，
告诉我往昔岁月都去了哪里，
　　或者是谁劈开了魔鬼的蹄 ② ，
教我如何听美人鱼 ③ 的歌吟，
或者如何躲开嫉妒的蜇叮，
　　　　并弄清
　　　　哪一种风
能有助于提升诚实的心灵。

假如你天生爱猎奇览胜，
　　爱寻觅看不见的奇珍，
请远游一万个白天和黑夜，
　　直至岁月赐你白发如雪，
你回归时我们碰到一起，
你会历数所见识的奇迹，

---

① 曼德拉草的根常形似雄性下体。据传把曼德拉草从地里拔出，它就
　被阉割了并会发出痛苦的尖叫。古人认为曼德拉草根有增强性能力
　的功效。
② 西方人认为魔鬼的脚形如动物的蹄子，这在众多绘画作品中都有表
　现。
③ 指人身鱼尾的海妖塞壬（Siren）。据希腊神话，塞壬常用迷人的歌
　声迷惑航海的水手，使他们落水溺亡。唯有俄底修斯得以幸免，他
　曾让人把他绑在桅杆上，因此他听到了塞壬的歌却安然无恙。

　　　　并发誓
　　　　无论哪里
都没有哪个女人忠实又美丽。

假如你真找到这样一位女郎，
　　　请把朝圣的甜蜜跟我分享，
但我不参加这种寻宝之旅，
　　　即使能跟她在隔壁相遇；
就算你遇见她时她忠贞不渝，
　　　且持续到你写下第一封信，
　　　　　但是她
　　　　　将会移情，
在我到达前对两三个追求者失信。

# 地狱箴言

威廉·布莱克

播种时学，收割时教，冬天里享受。

驾着你的大车和犁铧碾过死者的骨头。

放纵之路通往智慧的殿堂。

谨慎是一位富有却丑陋的老姑娘，无能要做她的
　新郎。

徒有愿望不行动，则瘟疫滋生在其中。

被犁断的蚯蚓会原谅犁头。

凡是爱水者，泡他在河中。

傻瓜和智者见到的绝不是同一棵树。

谁脸上不焕发光明，谁就永远成不了星星。

永恒爱慕的是时间的产品。

蜜蜂奔忙，便无暇忧伤。

愚行的时辰可用钟表计算，智慧的光阴钟表无法
　衡量。

所有健康的食物都无法用罗网或陷阱捕获。

度量衡要在饥荒之年制定。

鸟儿飞不了太高，假如只用自己的翅膀飞翔。

一具死尸不会为伤害复仇。

最崇高的举动是再做一件高尚的事情。

蠢材坚持自己的蠢，也会变得聪明。

愚蠢是无赖行为的披风。

耻辱是傲慢者的斗篷。


法律之石筑成监狱，宗教之砖建成妓院。

孔雀的高傲是上帝的荣耀。

山羊的淫欲是上帝的赠礼。

狮子的暴怒是上帝的智慧。

女人的裸体是上帝的杰作。

过度悲哀呈大笑。过度欢乐反哭泣。

狮群的吼声、狼群的嚎叫、风暴之海的咆哮以及
　　那毁灭之剑，都是永恒的一部分，只因它们太
　　伟大，凡人的眼睛看不清。

狐狸责怪陷阱，却不责备自己。

欢乐受胎，悲哀生育。

让男人穿狮皮，女儿裹羊毛。

鸟儿需巢，蜘蛛需网，人类需友情。

微笑着的自私的傻瓜和锁着眉的阴郁的傻瓜，都
　　会让人觉得睿智无比，其实他们也许是棒子一
　　根。

现在被证实的事物一度只是想象的东西。

大耗子、小老鼠、狐狸和兔子所注意的是根，狮子、
　　老虎、马儿和大象关心的是果。


水塘蓄，喷泉溢。

一种思想足以充实无限的空间。

时刻准备说出你的心里话，卑鄙的人就会躲开你。

每一可信的事物都是真理的化身。

鹰听乌鸦唠叨，最易把时间耗掉。

狐狸养他自己，而上帝哺育狮子。

早晨思考，中午行动，晚上进餐，夜晚睡觉。

受过你欺骗的人最了解你。

像犁耙顺从口令，上帝奖赏祈祷。

愤怒的老虎比爱教诲的马儿更聪明。

死水有毒。

你绝不知道足够为何物，除非你知道足够有何不
　　足。

听一听傻瓜的指责！那是一种君王般的权益！

火的眼睛，空气的鼻孔，水的嘴巴，地球的胡须。

勇气弱者诡计强悍。

苹果树从不问山毛榉木如何生长，狮子从不会问
　　马儿怎样捕食。

受施者懂得感恩，得到的东西取之不尽。

假如他人未曾愚蠢，我们就会愚蠢。

充满甜蜜快乐的心灵永远不会被玷污。

假如你看到一只鹰，那是守护神的一部分；抬起
　　你的头吧！

毛虫找最美的树叶下蛋，牧师把最美好的欢乐诅
　　咒。

创造一朵小花，需要漫长的辛劳。

咒骂使人紧张；祝福带来轻松。

酒越陈越香，水越鲜越甜。

祈祷不能耕地！歌颂不能收割！

至乐不笑！大悲不哭！


高尚发自头脑，悲怆来自心脏，美源于生殖器，
　　匀称表现在手脚。

鸟儿离不开空气，鱼儿离不开海洋，卑鄙者离不
　　开轻蔑。

乌鸦希望万物都是黑色，猫头鹰却愿什么都是白
　色。

茂盛就是美。

狮子要狐狸作谋士，也会变得狡猾。

修整过的道路变狭小，未经修整的路再弯曲也是
　走向神灵的大道。

心怀欲望而不行动，比扼杀摇篮里的婴儿更糟糕。

哪里没有人迹，哪里一片荒凉。

真理从来说不清，人们对它不能理解，也不相信。

# 庆祝耶稣升天节

威廉·布莱克

这样的情景有何神圣可言?
在一片肥沃而富饶的土地,
竟然有那么多孩子饥肠辘辘,
要接受放高利贷者的冷手救济。

那颤抖的叫喊是不是一首歌?
它能不能是一首欢乐的歌?
为何有那么多孩子受贫困折磨?
这是一片贫穷肆虐的土地。

他们的太阳永远不会闪亮,
他们的田地贫瘠而荒凉,
他们的道路布满了荆棘:
永恒的冬天在这里逞凶狂。

唯有在阳光确实明媚之地,
唯有在雨露确实滋润之境,
孩子们才能永远地远离饥饿,
贫困才不会再度震骇心灵。

# 我怦然心动

威廉·华兹华斯 [1]

看到天空的彩虹，
　　我就会怦然心动：
我儿童时代曾是如此；
现在长大了也不例外；
变老后我要保持同样心态，
　　不然我死了也活该！
儿童是成人之父；
但愿我此生能本性不改：
　　法天随性，童心永在。

---

① 威廉·华兹华斯（William Wordsworth，1770—1850），英国诗人，桂冠诗人，浪漫主义诗歌先驱之一，与柯勒律治（Samuel Taylor Coleridge）、骚塞（Robert Southey）合称为"湖畔派"诗人，代表诗作有《我孤独地漫游，像一朵云》《孤独的刈禾女》等，其诗句"朴素生活，高尚思考（plain living and high thinking）"被牛津大学基布尔学院用作校训。

# 蝈蝈与蛐蛐 ①

约翰·济慈 ②

大地的诗歌永不消亡：
当百鸟受不了火辣的太阳，
昏沉沉躲进阴凉的树林，
会有一个声音开始吟唱，
在新割的草地边的树篱间抒情，
那是蝈蝈在三伏的葱郁里领唱，
无尽的欢乐让它唱个不停，
唱累了可在欢快的草叶下歇息。
大地的诗歌永不停息：
当冬天孤寂的黄昏降临，
严霜酷雪使世界一片寂静，
炉灶边会响起蛐蛐的歌吟，
炉火越旺那吟唱就越响亮，
让人在睡眼蒙眬之中快意融融，
仿佛又听见蝈蝈吟唱在青山中。

---

① 蝈蝈和蛐蛐，都属于直翅目昆虫，但蝈蝈属于螽斯科，蛐蛐属于蟋蟀科，两者都可通过翅膀摩擦发音。

② 约翰·济慈（John Keats，1795—1821），英国诗人，其名作有《夜莺颂》、《秋颂》、《明亮的星》等。评论家勃兰兑斯称济慈为"感觉主义"诗人，的确道出了济慈诗歌的个性特色。

# 沉默的恋人

瓦尔特·雷利[①]

以洪水和细流比喻激情最恰当，
浅水潺潺而歌，而深水一声不响；
因而，假如情话老是挂在嘴边，
便可知默契不够，情意尚浅。
恋人若总是喋喋不休说多爱你，
可能他内心里只有虚情与假意。

---

[①] 瓦尔特·雷利（Walter Raleigh，1552？—1618），诗人、探险家、历史学家。

# 当我离开人世

克里斯蒂娜·罗塞蒂 [①]

当我离开人世，我最亲爱的，
　　不要为我悲歌凄楚；
我的坟头不要栽玫瑰，
　　也不要种阴凉的柏树；
愿绿草把我覆盖，
　　伴着雨滴和露珠；
假若你愿意，就记住，
　　假若你愿意，就忘记。

我将看不到那阴影，
　　也将感受不到雨水；
我将听不到那夜莺，
　　那声声悲切似哀鸣；
恍然入梦，沐浴幽冥之光，
　　它不会沉沦，不会升起，
也许我会记住，
　　也许我会忘记。

---

[①] 克里斯蒂娜·罗塞蒂（Christina Rossetti, 1830—1894），英国女诗人，
是"拉斐尔前派"著名画家但丁·加百利·罗塞蒂的妹妹，她的诗
歌以哀婉缠绵、音韵优美著称。

海边的恋人

此刻躺在一起，
终有分离的一天；
趁现在还在一起，
共同过好这一天。

# 童　年

弗兰瑟丝·康福德 [1]

我一度经常琢磨大人们，
他们喜欢坚挺的背脊和鼻子边的皱纹，
喜欢手上的血管像肥胖的小蛇一样，
我猜那准是为了更有大人的模样。

后来有一天透过楼梯的栏杆，
我看见姨奶奶艾蒂的朋友离去：
她的玛瑙念珠散落在地板上，
她寻找滚动的念珠时摇摇晃晃；
于是我发现她无可奈何地衰老，
而我却无可奈何地年少。

---

[1] 弗兰瑟丝·康福德（Frances Cornford,1886—1960），英国女诗人，
是大名鼎鼎的生物学家、进化论创始人查尔斯·达尔文的孙女。

# 士兵们

## ——致 R.A.

弗兰克·S. 弗林特

兄弟，
我曾看见你走在
法国一条泥泞的路上，
跟着你的营队行军，
斜背着枪，阔步前进，
手臂摆个不停。
而当时我在稍息，
双手握着枪，
站在我的队伍里。
你从我身边走过，我们目光相遇。
从我们一起爬德文郡的山岭以来
我们已有好久不见。
我们目光相遇，彼此都吃惊，
但由于命令是"肃静"，
我俩谁都不敢吭声。

啊，我的朋友，
你的脸在整个部队里最特别，
你走向前去，走向前去，
一直走进了黑暗；
现在我坐在桌旁，强忍着泪水，
闭着双唇，咬着牙关，
我知道你的身影

甚至比我梦里见到的
还要遥远。

拓下一个阵亡士兵的名字

以和平与正义的名义，
一个士兵夺走过别人的生命，
后来他自己也停止了呼吸。

# 乌龟的叫喊

D. H. 劳伦斯

我曾以为他[1]是哑巴，
我曾说过他是哑巴，
但我听见了他的叫喊。

第一声微弱的尖叫，
发自生命深不可测的开端，
那么遥远，像一种疯狂，远在破晓的天边外，
遥远、遥远又遥远的尖叫。

极端状态的乌龟。

为什么我们被钉上性的十字架受刑？
为什么不任由我们自我圆满，并自我了结，
恰如我们出生之初，当然还有
他出生之初，完全要独自面对一切？

一声遥远的、勉强可辨的尖叫，
是否直接从血浆原质里发出？

比初生婴儿的哭声更糟，
一声尖叫，

---

①此处的"他"，指的是乌龟。在英语中，人们常用 he（他）或 she（她）
来指称动物，而不是用 it（它）。

一声呼唤，

一声叫喊，

一曲赞歌，

一种临终痛苦，

一声出生啼哭，

一种屈服，

都那么弱小，那么遥远，有如创世黎明时的爬虫。

沙场呐喊，凯旋欢呼，剧烈的快乐，爬虫的临终
　　尖叫，

为什么面纱①被撕破？

那丝绸绷裂似的声音是灵魂之膜被撕裂吗？

雄性的灵魂之膜被撕裂，

发出一声尖叫，半是音乐，半是恐怖。


十字架上的酷刑。

雄性乌龟，从后面向那只憨厚的雌龟的棚屋出击，

爬在上面，浑身紧张，如雄鹰展翅般从龟壳中伸
　　展，

一逞乌龟的赤裸，

长长的脖子，伸的脆弱的四肢，雄鹰展翅般趴
　　在雌龟的屋顶，

那深奥、隐秘、穿透一切的尾巴在她的墙壁下弯
　　曲，

---

①《马太福音》这样描述基督的死："基督又大叫一声，释放出灵魂。
　　看啊，教堂的面纱被震裂，自上而下裂成两半，地球动摇了，岩石
　　破裂了。"本诗把乌龟交配和基督受难相提并论。

紧张地伸出并牢牢地稳住，进而在极度紧张中抵
　　达极度痛苦，
然后突然，在交配的痉挛中，猛跳似的抽搐，噢！
他舒展脖子，张开了锁紧的脸，
从他那粉红的、裂开的、老人的嘴里，
发出那一声虚弱的叫喊，非常清晰的
那一声尖叫，
同时释放出灵魂，
或者是在圣灵降临节尖叫，以迎接圣灵。

他的尖叫，他的瞬间平息，
永恒寂静的时刻，
但仍未解脱，过了一瞬间，在突然而猛烈的交配
　　的抽搐后，
立即又是那难以言表的微弱的叫喊——
就这样叫下去，直到我体内最后一滴血浆回炉，
熔炼成生命的原生质，熔成奥秘。

他就这样交配，尖叫，
那种不时发出的虚弱的、撕裂的尖叫，
每次痉挛之后，是更长的歇息，
乌龟的永恒，
久远的、爬行动物的坚忍，
心跳，缓慢的心跳，坚忍地等着下一次的抽搐。

我记得，在我还是孩子的时候，
我听过青蛙的尖叫，它的脚被突然窜来的蛇一口

咬住；

我还记得我第一次听见牛蛙在春天轰然鸣叫的情
　　景；

我记得曾听见野天鹅在湖的那一边

从夜的喉咙里大声嘶叫；

我记得第一次听见一只夜莺在黑暗的灌木丛哀

　　鸣，那揪心的啼音震撼我的灵魂深处；

我记得在子夜时分穿过一片森林时我曾听见兔子

　　的尖叫；

我记得那头发情的小母牛，她一个小时接一个小

　　时地哞叫，坚忍而情不自禁；

我记得第一次听见发情的猫发出古怪的号叫，我

　　感到毛骨悚然；

我记得受伤、受惊的马儿的嘶叫，那声音有如片

　　状闪电；

记得曾被产妇的惨叫吓跑，那声音真像猫头鹰的

　　怪叫；

记得曾在自己体内倾听羊羔的第一声咩叫，

还有婴儿的第一声哭啼，

还有我母亲自娱自乐的吟唱，

还有我第一次听见的、青年矿工热情豪迈的男高

　　音，现在他早已酗酒死去，

还有狂野的黑色嘴唇说出的

几个外国语入门词。


极端状态的雄性乌龟，

从生命的遥远地平线的最远端之下，

发出这最后一声
奇怪而微弱的交配的叫喊，
强于我记忆中的一切声音，
弱于我记忆中的一切声音。

十字架，
首先粉碎我们的沉默的轮刑车，
性，它击碎我们的完整、我们唯一的神圣品质以
　　及我们深深的沉默，
从我们身上撕下一声尖叫。

性，它把我们撕裂成声音，迫使我们穿越深渊呼
　　唤，呼唤，为重获完整而呼唤，
歌唱，呼吸，再一次歌唱，得到回应，找回所求。
曾被撕碎，经漫长的寻觅，得以失而复得，重归
　　完整，
乌龟的叫喊恰如耶稣、奥西瑞斯a临终的叫喊——
　　是弃绝的叫喊，
完整的东西，已经被撕碎，
被撕碎的东西，正在寻遍宇宙找回完整。

---

① 奥西瑞斯，埃及神话中的林神，他的兄弟塞特谋杀了他，并把他砍
　　成十八块，撒在埃及各地。和耶稣一样，奥西瑞斯后来复活了，并
　　做了地狱的判官。

**喘息的龟**

在西班牙的圣家族大教堂，
看到这只喘息的负重的龟，
我想起劳伦斯的诗《乌龟的叫喊》，
似乎理解了高迪的苦心和痛苦的神圣。

# 不要温顺地进入那美好的夜晚

狄兰·托马斯 [①]

不要温顺地进入那美好的夜晚，
老人应当热烈如火，在日暮时分咆哮；
发怒，发怒吧，为抗议阳光消逝而呐喊。

明智的人们临终时悟出公正的是黑暗，
尽管他们的话语无法如闪电一般闪耀，
他们不愿温顺地进入那美好的夜晚

善良的人们如最后的波浪一般发出感叹，
他们脆弱的业绩本可以在绿色海湾翩然舞蹈，
他们发怒，发怒，为抗议阳光消逝而呐喊。

狂野的人们要用歌唱使太阳把脚步放慢，
到头来为时已晚，痛苦地发现太阳不改故道，
他们也不愿温顺地进入那美好的夜晚。

古板的人们临终时以蒙眬的视力观看，

---

① 狄兰·托马斯(Dylan Thomas, 1914—1953)，英国作家、诗人，人称"疯狂的狄兰"，代表作有诗集《死亡与出场》《当我天生的五官都能看见》等。他的诗歌围绕生命、爱欲、死亡三大主题，其诗歌富于激情而不失严谨，在当时的英国诗坛独树一帜。1953 年 11 月 9 日，他因连喝了 18 杯威士忌而暴毙，年仅三十九岁。本诗是托马斯的早期作品，作于他父亲临终之时。原诗采用的是一种不常见的田园诗形式——十九行双韵体。

失明的双眼竟能如流星一般欢快地闪耀，
他们也发怒，发怒，为抗议阳光消逝而呐喊。

而你，我的父亲，在悲痛的顶峰受难，
请用你狂暴的泪水诅咒我，或为我祈祷。
不要温顺地进入那美好的夜晚。
发怒，发怒吧，为抗议阳光消逝而呐喊。

爱尔兰诗歌


# 我听见一支军队
詹姆斯·乔伊斯[①]


我听见一支军队向陆地冲来，
万马奔腾如雷，水沫溅上膝盖；
战车手傲立马后，身穿黑色的铁衣，
他们狂舞皮鞭，对缰绳毫不在意。

他们向夜空呐喊着他们的战役的代号，
我在睡眠中呻吟，因听见他们遥远的哄笑。
他们劈开梦的阴沉，如一道炫目的火光，
当当当，敲击心儿有如敲在铁砧上。

他们凯旋，狂甩着灰色的长发，
他们从海中来，呐喊着冲到海滩上。
我的心啊，难道你毫无智慧竟至于失望？
心上人啊心上人，为什么留下我独自彷徨？

---

[①] 詹姆斯·乔伊斯（James Joyce,1882—1941），小说家、诗人，20 世
纪最著名的作家之一，后现代文学的奠基者之一，代表作有《尤利
西斯》《一个青年艺术家的画像》等，其所运用的"意识流"手法
影响巨大。《我听见一支军队》是一首情诗，但聚焦点是"我"内
心的骚乱——一场海边的激战。这样写爱情颇具个人特色。

加拿大诗歌

# 侵　蚀

E.S. 普拉特 [①]

大海用了一千年，
用了一千年的时间，
才在这海滨的巉岩上，
刻出花岗岩的嶙峋模样。

大海有一夜用了一小时，
仅用了狂风暴雨的一小时，
便在一个女人的脸上，
雕刻出那花岗岩的创伤。

1931 年 6 月

---

①E.S. 普拉特（E.S.Pratt, 1883—1964），加拿大诗人，以长篇叙事诗
　和史诗著称，但其短小的抒情诗也常有史诗般的恢宏气象，本诗便
　是很好的例证。普拉特是纽芬兰人，常写有关大海、捕鲸、海难、
　战争、殉道等的诗歌。

# 寂　静

E.S.普拉特

陆地上或陆地下没有任何寂静堪比海下面那种寂
　　静；
没有任何哭声宣告诞生，
没有任何声音宣布死亡。
鱼的精液被洒在岩缝的真菌和水草间的鱼卵上时
　　有一种寂静；
在生命成长与生存竞争中有一种寂静。
鲣鱼猛地咬住鲭鱼，
而自己又被梭子鱼逮住，
鲨鱼干掉梭子鱼，
而巨型软体动物又把鲨鱼撕碎，
这一切都进行得无声无息——
虽然行动迅猛而且争斗攸关性命，
但整出戏却寂静无声。

陆地上没有任何狂怒堪比海下面那种狂怒。
咆哮、咳嗽和嗥叫，是根本不知节制、肆意挥霍
　　怒气者的标志，
再说，在陆地上血流的速度太快。
而在海下面血是懒洋洋的并且温度和海的一致。

无声无息的杀戮中有冷血爬虫之前的某种东西。

两个人只需几声战前叫骂便可以了结敌意。

"你见鬼去吧。"一个人骂道。

"你先见鬼。"另一个骂道。

诸如此类的战前致意虽引出喉音和嘶声的冰雹，

却往往是友谊的开始，与假惺惺的祝福相比，

谁不更愿意接受厉声咒骂呢？

谁都不必害怕正正当当发出的诅咒，

因为只有德行完美的正直者才会如此开诚布公，

而且据我们所知，那或许是属于天国的品性。

真该抛开隐隐无声的憎恨，因为它蚕食憎恨者的
　心。


今天我观察了两双眼睛。一双是黑的而另一双是
　灰的。两双眼睛的主人擦身而过时，前后历时
　五秒钟，灰眼睛咬着黑眼睛，而黑眼睛像要使
　灰眼穿孔似的回敬。

一个眼神好像在说——"畜生！"

另一个好像在说——"杂种！"

但一个字都没有说出声来；

甚至没有一声憎恨的嘶声或低语

从牙齿完美的珐琅质间发出；甚至没有一个敌意
　的手势。

即便右上唇在犬牙上卷动了一下，也未被注意。

擦身而过时睫毛一刻都没有遮挡过那两双眼睛。

在它们俩之间，就心意的坦率或意愿的执拗而言，
　别无选择，

因为那怒视是相互的、绝对的。

一句话或许就能使怨恨的锐利刀锋变钝。

一声诅咒或许就能使憎恨的结晶破裂。

由于在沉寂的气候下唯有这样的文化能够生
  长——

在毛皮或羽毛出现之前的遥远时代，在寂静的海
  洋深处，黑暗洗液冲刷着光的门槛，眼皮从来
  不覆盖眼睛，海洋居民们无声无息地杀戮同时
  又无声无息地被杀。

                                    1937 年

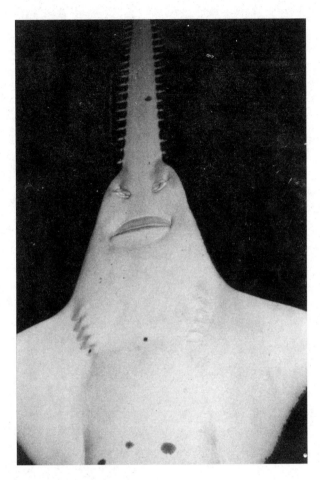

**换个角度看一条鱼**

换个角度从腹部看一条海鱼，
我好像看到一张冷笑的怪脸。

# 鲨　鱼

E.S. 普拉特

他好像熟悉这港口，
游得那么悠闲；
他的鳍，
像一块铁片，
有三个角，
还有刀刃般的边，
底线露出水面，
他在水里移动，
不搅起一个水泡。

体躯呈管状，
尖似圆锥，
一身烟蓝；
游过码头时
他突然转身，
一口吞下浮在水面的
一条死去的比目鱼。
我瞥见他闪亮的白喉咙、
一排双层的白牙
以及金属般灰暗的眼睛，
两条狭窄的裂缝冷酷无情。

然后他离开港口，
那三角鳍

切割海面却不搅起一个水泡，
那么轻巧，
那么悠闲，
他就那么游着——
那条奇怪的鱼，
管状躯干，似圆锥，一身烟蓝，
他部分是秃鹫，部分是豺狼，
又和这两者不同——因为他的血是冷的。

1923 年 2 月

# 溜冰者

查尔斯·G.D. 罗伯茨 [①]

我欢快的双脚裹着闪闪发光的钢，
我和脚跟长翅膀的神一模一样。

群山在遥远的白色天空中一片迷蒙，
世界静卧在广袤无边的白色霜雪中。

树木寂静地低垂在漫长的白色梦里，
伴着那鬼魅般闪亮的冰蓝的小溪。

这里是一条小径，光滑如镜，
我和游荡的风要从这里滑行，

滑向遥远的宫殿，漂往幽深之地，
那里有冬天的随从在睡眠中歇息。

我追逐诱惑，像鸟儿一般飞行，
直到受惊扰的山谷一一苏醒，

并听见钢在绷紧的冰面疾行，
发出奔驰的低语，丝丝的弦音。

---

[①] 查尔斯·G.D. 罗伯茨（Charles G.D.Roberts, 1860—1943），加拿大诗人、作家，被誉为"加拿大诗歌之父"，也是现实主义动物故事的创始人之一，《荒野的呼唤》是其代表作。

被抛在后面的是游荡的风，
我随心所欲地越滑越疯。

直到血液在我渴望的头脑里高唱，
我飞翔的快乐简直就和痛苦一样。

然后我打住了那渴望的冲刺，
静静地滑行，如一颗飘零的种子——

慢慢地，偷偷地，我开始双眼圆睁，
一种敬畏在模糊的猜度中油然而生。

我脖子后面的汗毛开始竖立，
听见荒野在睡眠中说话令我心悸。

模糊之物从冷杉幽暗处飘到近旁，
我在心脏深处听见了自己的恐慌。

我掉头逃窜，像游魂受到追击，
逃离那片未被亵渎的白色孤寂。

1901 年

# 被遗弃的人

D.C. 司各特[①]

## 一

从前一个冬天，
在遥远的湖上，
在北方的心脏地带，
既远离要塞，
又远离猎人们，
一个奇普瓦[②]妇女
带着她生病的婴儿，
蜷缩在一场暴风雪的
最后时刻。
饥寒交迫，
她在从冰缝间钓鱼，
以雪松树皮搓成的
细绳作钓线，
以磨光并带倒刺的
野兔骨作鱼钩；
用那光秃秃的钓钩，
在那凛冽天气下
钓了难熬的一整天，

————————————

①D.C. 司各特（Duncan.C.Scott，1862—1947），加拿大诗人。

②奇普瓦族（Chippewa），印第安人的一支，以狩猎为生，现率存约
四万人。

钓来钓去一无所获；
而那个年幼的酋长
用力扯她的乳房，
或者在温暖的兽皮
襁褓里沉睡。
整个湖面纷纷扬扬
千千万万的碎冰
被狂风投来掷去，
发出嘶嘶的声音；
在她的身后
有一个孤寂的岛屿，
雪松林深处传来
风暴的呼啸
有如烈火在咆哮。
勇敢且不可动摇，
她割下自己的一块肉，
装在钓钩上作饵，
钓起了一条灰色鳟鱼，
还钓起了它的很多同伴，
把它们堆在她身旁，
让它们死在雪里。
勇敢且不可动摇，
她面对茫茫的雪原，
那狼群出没的孤寂之地，
对她的目标以及
她宝贝的生命把握十足。
跋涉了两天，

第三天早晨，
她看见牢固庞大的要塞
坐落在河边，
看见柴火的烟雾
轻柔地浮在云杉间，
还听见贪婪的爱斯基摩狗
在争夺白鱼，
同时发出尖叫。
然后她得到了安歇。

二

很多年以后
她已衰老萎缩，
她的儿子成了老头
而他的儿子们却血气方刚，
他们在初冬时节踏上北方之旅，
来到湖中一个孤寂的小岛。
他们在那儿宿营一夜，
清晨收拾好他们的锅碗和桦木舟、
他们的兔皮袍和他们的捕貂夹，
划着他们的独木舟从岛屿间溜掉了，
把她一个人永远遗弃在那里，
连一声道别都没有，
因为她已经衰老无用，
有如一支破旧变弯的桨，
或是一根破裂无用的篙。

然后，没有一声叹息，
勇敢且不可动摇，
她理了理头巾下的黑头发，
整了整她的围巾，
然后把筋腱分明、血管突起的双手交叠，
贴在她那为孩子们哺乳而变瘪的乳房上，
她凝视雪松顶上的天空，
看见两个星光闪烁的黑夜从黄昏升起，
看见两个充满静谧阳光的白天逝去，
看见，却没有痛苦、恐惧甚至片刻渴望；
然后在第三个不寻常的夜晚，
无数雪花从一团无风的云中纷纷飘下；
它们用一块美丽的水晶裹尸布盖住她，
盖得又深又静。
不过在黎明的严寒中，
从那下面的生命
升起一缕气息，
它透过雪中一条小缝隙
脆弱、纤巧地升起，
因自身的虚弱而晃动，
这灵魂的迹象在荒野之中，
在太阳注视下静静地坚持着，
直到白天结束。
然后所有的光被上帝之手聚拢并藏进他怀里，
然后一种比寂静更深的寂静降临。
然后她得到了安息。

1905 年

# 决　战

伊莎贝拉·V. 克罗福特 [①]

月亮将她的光的旗帜在天空展开；
她的手指滴下苍白如银的潮水；
她那些披盔甲的斗士走出藏身之所——
白天那碧蓝与金黄的明亮帐篷，
悄然会师在黑夜那阴森的战场，
要与那瞎眼老国王解决巨大的争端——
这黑暗巨人曾迎战过伟大的法老，
一度用摸索的双手把胜券稳操。

群星的部队以白银的长矛，
刺穿白天的帐篷那暗红的边缘，
他们在胸前转动水晶的盾牌，
还举起他们的光芒四射的长矛，
对巨人在洞窟里的动静严阵以待。

孤独的群山发出长长的悲叹：
瞎眼巨人揪住了它们那松树的头发，
还抓住颤抖的落叶松想攀向天空，
以便他狂乱摸索的双手抓住月亮，
把她拉下带光镰和光轮的战车，

---

① 伊莎贝拉·V. 克罗福特（Isabella Valancy Crawford，1846—1887），
　加拿大女诗人、作家，生于爱尔兰，是加拿大早期主要诗人之一，
　也是最早靠当自由撰稿人为生的加拿大人之一。

他甚至要把披明亮铠甲的群星摧毁，
好让他瞎眼国王在黑暗的孤寂中称王！
低洼的山谷在他黑色的脚弯下哭泣。
大海也在呜咽，被他雾霾的长发抽打；
滚滚雾霾强如铁索，缠住高大的桅杆，
企图把它们拉向暗礁和巉崖。

但阿斯坦特①带光镰的战车更加迅速；
如光的丛林，镶珠宝的长矛密集地举起；
玛尔斯②的红旗在无声的战斗中轻蔑地招展
（无声无息的战斗才最强而有力）；
无数银光闪闪的长矛从山中射出，
黑暗巨人的手指被一一刺穿，
他的头发变成黑色断缕随风飘散，
他那迷雾之脚的巨大脚窝也被刺穿，
还有无数菱形的矛头顶着他的胸口，
迫使他缩起身子退进他的洞窟，
他从洞窟的裂缝向下插摸索的手，
以便用恐怖为地狱注入活力——
不属于天堂的力量在地狱有用武之地。

---

① 阿斯坦特（Astarte），腓尼基人所供奉的爱与丰饶的女神。
② 玛尔斯（Mars），罗马神话中的战神，该词又指水星。

# 年幼的儿子被淹死

玛格丽特·阿特伍德

在他自己的出生之旅的那条
危险的河上成功地完成了航行，
他又再一次起航，
去做一次探险旅行，
我漂浮在他所进入的土地
却不能说那土地属于我自己。
他的双脚从河岸滑下，
急流就卷走了他；
他与冰块和树木在洪水中打旋，
并陷进了遥远的水域，
他的头是一个深海探测器；
透过眼睛单薄的玻璃泡
他向外张望，这个粗心的探险者
闯进了一片比天王星更陌生的领地，
我们都到过那里并且有些人还能记起。
发生了意外；空气已锁紧，
他悬挂在河中就像一颗心。
他们用船篙和铁钩
从推来撞去的木头间捞起
他那被河水泡坏的身体——
我的宏愿和未来蓝图的地标。
当时是春天，太阳照常闪耀
新生的草硬邦邦地成长；
所有的细节在我的双手上闪闪发亮。

在那次漫长的旅行后我厌倦了波浪。
我的脚触着了石头。梦中的船帆
倒坍了，成了碎片。
我把他种在这个国家
像一面旗帜。

# 桌面上的三件东西

玛格丽特·阿特伍德

一些什么样的太阳不得不升起再落下
一些什么样的眼睛不得不眨动闪烁
一些什么样的手掌和手指不得不
释放它们的热量
在你，不可见的光
放着射线的光
出现在我的桌面之前
还有你，我的电动打字机
你的导线和饥饿的插头
吮吸着从墙那一边
输送过来的不祥的血液
是什么屠杀的历史
在你的字键上留下了这累累伤痕
是什么复杂多样的死亡放过了这个钟
那些小齿轮在金属头皮下
嘎嘎地磨着牙齿
我的凉凉的机器
歇在桌面上那么眼熟
那么坚硬而完美
我不敢触摸你们
我想你们会痛苦地大喊
我想你们会温暖起来，像皮肤。